4를 지키려는 노력

4를 지키려는 노력

황성희 시집

민음의 시 197

민음사

自序

착각해라 허공
이것은 손이고 저것은 발이다
이것은 낮이고 저것은 밤이다
착각하자 허공
이것은 엄마고 저것은 아빠다
이것은 나이고 저것은 너이다
부디 허공
거울을 보는 일이 없기를

2013년 9월
황성희

차례

2부 판타지 안녕

3부 A양 일과

1부

4를 지키려는 노력

4를 지키려는 노력

모든 것을 원점으로 되돌리려는 몸짓
유리창에 비친 어떤 시간의 눈알
4를 지키려는 노력
한 손에는 지우개를 꼭 쥐고
애처로운 기교, 기만을 닮은 성실
한때 고래 지키는 사람을 꿈꾸었지만
바닷속을 염탐하지 않겠다는 약속
나무를 따라 흘러가는 바람을 두고
벽에 비친 내 그림자, 놀라는 게 이상할까
멀리 있는 별이 흐릿한 건 당연한 일
보이지 않는 것을 궁금해하지 마
심장은 언제나 가장 가까운 곳에 있다
할아버지의 얼굴을 닦고 또 닦아라
4를 지키려는 노력, 그것만이
태양 아래 산책을 즐기는 비법

뜨거운 것이 좋아

뜨겁고 둥근 것에 대해 상상한다
요즘은 다들 이런 식으로 말한다
원관념을 밝히는 것은 촌스럽다 못해 뻔뻔스럽다

구미의 김이 샤워를 하다 말고
찬장의 식용유를 책상 위로 옮긴 까닭은
요즘은 그런 일도 화제가 된다
그런 일을 분석하는 유학파도 있다
어느새 식용유를 책상 위로 옮겨 보는 대중들까지

원작자는 김이지만
대중들은 원작에 흥미가 없고
유학파들은 의미의 판권에만 집착하며
김은 물이 뚝뚝 떨어지는 몸으로
자신의 원작을 패러디하기에 바쁘다

뜨겁고 둥근 것에 대해 다시 상상한다
뜨거운 것이 무엇인지는 나만 알고 있어야 한다
설마 내가 그것을 모를 리 없다고

우기도록 내버려 둬야 한다
죽을 때까지 절대로들 궁금하지 않겠지만
나는 어디까지나 안 가르쳐 준 것이라 생각하겠다

상상을 시작한 뒤 처음으로
마음이 편안해진다
이불 밖으로 빠져나온 발이 무서워
울었던 것이 거짓말 같다
눈물을 닦다 말고 일어나
찬장의 식용유를 머리맡으로 옮겨 본다

요즘은 다들 이런 식으로 잠이 든다

후일담 사칭의 新유형

우울증에 의한 자살. 우리도 신문 보고 알았어요. 하필이면 목을 매다니. 핏자국 하나 없는 마지막 회를 어떡하라고. 입버릇처럼 말했거든요. 한국문학사의 문제적 개인이 되겠다고. 혹시나 했죠. 장래 희망 치고는 허황했지만. 운이 없다고 봅니다. 요즘 누가 반성을 합니까. 흉내라면 몰라도. 가투 이력을 위조했다가 출연 정지를 당한 게 걸리긴 합니다. 판문점 도보 횡단 때도 충격이 컸고. 밤새워 외운 회담만 수십 개라는 거죠. 그런데 뚜벅뚜벅 걸어가 버린 겁니다. 통일이라도 되면 어떡해야 하나. 그런 우스개를 했다는군요. 모르겠어요. 유서라도 있으면 각색이라도 해 보는 건데. 우발적인 걸로 봐야죠. 책꽂이에는 아직 교련 책이 꽂혀 있는 걸로 압니다만. 안타깝지요. 이제 와서 문제적 개인이라니. 카메오라면 모를까. 그럴수록 리더가 됐어야죠. 변화무쌍한 시간 따위. 카멜레온처럼 누볐어야죠. 달랑 하루뿐이더라도. 주제 같은 건 제발 묻지 마세요. 이제부터 진짜 슬프고 괴로운 건 우리라고요. 이 지리멸렬한 사건을 도대체 어떻게 이슈로 만들 건지. 벌써부터 머리가 지끈거립니다.

대합실

안녕, 내일 또 만나. 다짜고짜 뺨을 때리더군. 결벽증이 따로 없어. 국적을 묻더라니까. 배꼽 잡았지. 끝까지 들을 이유가 뭐 있어? 원하는 건 이슈뿐인데. 내가 프로란 걸 모른 척하더라고. 지도에 없는 나라의 말을 하겠다나? 국경의 최전선을 지킨다더군. 도대체 뭐가 불만이람. 재방송될 게 뻔한데. 속지 마. 김의 체제 전복적 말투. 표현주의라고 우기면 할 말 없지만. 역사소설이 롱런하는 이유라니. 여기가 술자리라는 걸 잊어버렸군. 환상을 좀 더 섞어야 제맛 아냐? 왜 이래, 나도 사실 속에서 살아 본 적 있어. 혼자 간다고 하잖아. 집도 못 찾을까 봐 걱정은. 박의 서정 말이야. 어딘지 낯익어. 그런 식으로 슬퍼하는 사람, 읽은 적 있어. 말조심해. 거짓말 아냐. 어느 날 갑자기. 거실 한복판에 뚝. 떨어졌다니까. 한동안 말을 잃고 매일 울었지. 자고 일어나면 어제 그 자리에 오늘이 또 있는 거야. 저런, 아가! 지우개는 쥐고만 있으랬지. 길을 이렇게 지우면 집은 또 어떻게 찾아가려고.

부스럼 전문가

부스럼이 생겼다
어제와는 다른 자리다
밤새 긁은 보람이 있다
어제와는 다른 사람이 되는 데 성공했다
그러나 곧 불안해진다
누구도 예상치 못한 자리여야 하는데
다행히 다시 긁기 시작한다
피가 맺히는 일쯤이야 견뎌야지
나는 꼭 하나뿐인 내가 되고 말 테니까
하지만 울긋불긋한 상처의 내막을 들키는 날엔
하긴 그렇게 걱정스런 일만은 아닐지도
일부러 부스럼을 만든 사람이 아직 없다면
그것만으로도 난 성공한 셈
뭐든 처음이 어려운 법, 사는 것도 죽는 것도
변기에 쪼그리고 앉아 박박 긁는 나의 자세가
대서특필될 날이 혹시 올지도
그런데 부스럼을 만드는 나만의 방법이 벌써
유출되기라도 한 걸까
베란다 밖을 지나던 경비 아저씨 엉거주춤

바지 속으로 손을 집어넣는다

아저씨설마나와같은자리에만들고계신건아니죠?
아저씨랑나랑매한가지개나리되는거제발아니죠?

이해의 선물

평생 막대 사탕이나 빠는 거다
믿었던 모자 속에 발이 빠지는 건 순식간
기억하렴 네가 먹은 건 딸기가 아니라 딸기 맛

끈적거리는 손을 씻을 때 옆 사람에게
치통 때문에 찡그린 얼굴을 들키는 배려
변변한 충치 하나 없이 사는 일이
얼마나 지루한지

둥근 원의 생활 계획표를 잘게 쪼개는
고사리 같은 손이여
사탕을 빨다 말고 거울은 언제든지
딸기색 혓바닥을 요리조리 뒤집는 정도라면
얼마든지

변기의 물을 내리고 무사히 뒤돌아선다고
안심할 수 있을까
눈 깜빡일 때마다 마주치는 몸속의 암흑
떨어진 숟가락을 줍느라 숙인 머리가

거실 바닥으로 풍덩 빠져들고
팬티 속으로 밀어 넣은 발이
달의 뒤편으로 미끄러질 때

평생 막대 사탕이나 빠는 거다
무슨 상관인가
언젠가 눈 뜨면 여기는 분명 아닐 텐데

모아 놓은 버찌 씨를 챙겨 들고
지금이라도 철길을 따라 달릴 수밖에
사탕 가게는 점점 가까워지고
달리는 동안은 달리는 것을 믿을 수 있어라

스승의 나무

전체적으로 보면 그것은 나무의 기억
열매 대신 가지마다 주렁주렁 매달린 얼굴

이 순간을 포함해 분명한 것은 없나요?
내 손을 포함해 확실한 것은 없나요?

장군께서는 한산섬 달 밝은 밤 지키던 칼로
내 질문의 유명무실함을 단번에 베어 주신다
가슴에 숨어 있던 붉은 사과들이 와르르 쏟아진다
의사께서는 내 약지의 한 마디 가볍게 잘라 내시곤
힘차게 짜낸 피로 이름 석 자 써 보도록 독려하신다
시간의 감옥에서는 그만한 하느님도 없다시며
리비도 들락거리던 심리학자께서는
어머니 입에 오줌 싸는 악몽으로 지친 나에게
의자를 이용한 108개의 체위를 권유하신다
물렁한 시계의 대중화에 집착했던 화가께서는
친구의 아내를 연모해 보라며 콧수염을 만지신다
이상향을 꿈꾼 의적께서는 호부호형 속에 모든 실마리
가 있다며

율도국은 다만 허상이었노라 고백하신다
한때 다방을 운영하셨던 시인께서는
권태를 이기려면 난해는 기본이라며
불쑥 멜론을 내미시는데

지금 내가 나무의 기억 말고
획기적 수미상관의 창조에 골몰해야만 하는 이유
더 이상 나열할 필요가 있을까

갈릴레이 암살단

그가 하늘을 향해 천천히 망원경을 겨눴을 때
우리는 전혀 놀라지 않았다
그가 함부로 지구를 공전시키려 했을 때도 마찬가지였다
논쟁과 소문, 오해와 맹신, 그리고 마녀의 표식
우리는 그런 방법들을 선호해 왔고 실패는 없었다
오늘 아침처럼 자연스러울 것, 그리고 감쪽같을 것
시간은 그림자도 없이 또 다른 시간을 잠식하고
대부분 포물선이 이끄는 대로 가라앉았다
서로의 등 뒤에서 태엽을 발견하는 일은
목 위에서 건들거리는 얼굴만큼이나 당연해서
태엽 소리 때문에 그가 잠 못 드는 일은 없었고
그 점이 우리를 안도하게 했다
우리는 그가 한결같은 하늘을 볼 수 있도록
배치에 정성을 쏟았다
흑점에 대한 그의 수집벽과 달 표면에 대한 집착이 거슬
릴 때면
태양과 달의 질서를 적당히 뒤섞어
그의 주의를 다른 곳으로 돌렸다
목성이 숨긴 위성까지 찾아낸 그는 결코

만만한 상대가 아니었지만
우리는 은하수 아래 산책을 즐기는
밤하늘의 숭배자들을 믿었다
그들은 그의 눈동자에서 광기를 찾아내는 데 성공했고
낮밤으로 촘촘히 얽힌 투명한 감옥 속에
로마가 그를 가둘 수 있도록 일조했다
우리가 그의 하늘을 빼앗고
죽음을 빙자한 영원한 암흑을 선사했을 때에도
우리를 두렵게 하는 것은 오로지
별빛의 은폐 속에만 있었다

리얼 버라이어티 유감

처음부터 끝까지 유혈 낭자였습니다만, 거울을 볼 때마다 자해하던 예전 작품 세계를 이제는 완전 등진 듯합니다. 인터뷰 보셨나요. 모든 시대를 다 살아 본 척하더군요. 방금 전 물 내린 그 화장실로 다시 돌아갈 타임머신이라도 있다는 듯. 당연히. 원더랜드보단 포로수용소를 택했겠지요. 핏줄만 한 리더십이 아직 있나요. 체서에게 길을 묻는 것보단 현실적이란 거죠. 자동 기술을 논하던 동료가 그녀의 주먹을 맞은 건 어찌 보면 당연합니다. 의미 말고 사실이 되시오! 자신을 신고하는 동료를 향해 엄지를 추켜올렸다지요.

하늘과 바람과 별과 시보다는 간도에서의 일상에 주목했습니다. 시어의 전범이란 바람의 자태나 별빛의 미궁이 아니라 라이너 마리아 릴케나 패 경 옥 속에 있다며. 물론. 채널 선택은 모두의 권한입니다. 배신과 전향은 종이 한 장 차이라고 하든 말든. 태양 없는 내일의 정전 속에서 그녀의 비명을 배경으로 자위하는 상상을 해 봅니다. 그 정도는 나도 쓸 수 있다는 시기심이 전부는 아닙니다. 제겐 아침마다 출근하는 남편과 6년 개근이 목표인 아이들이 있는 것을요. 시청자들이 망하는 지점은 항상 여기지만 말입니다.

불감증

창문 밖 허공. 눈만 뜨면 만나는 출구. 기꺼이 뛰어내리지는 못하고. 눈등 위의 붉은 점이 혹시나 흉할까 불안한 나이를 서글퍼 하고. 짝눈 교정을 위한 쌍꺼풀 수술은 미적 성형과는 다르다며 발끈하고. 생리 혈 얼룩진 팬티를 버리면서 이 정도 낭비는 해도 된다며 울컥하고. 4층 여자에게 새로 한 파마의 이름을 묻지 않는 것은 질투보다 교양에 가깝다는 해석이나 하면서. 오늘의 연도와 오늘의 날짜와 오늘의 요일을 나란히 쓰는 일에 아무 두려움 없는. 지구 한 바퀴의 판타지와 동네 한 바퀴의 리얼리즘을 순순히 인정하는. 그러나 때로 청소기를 멈추고 우두커니 출구를 바라보는 포즈. 한 손에는 커피. 한 손에는 감명 깊게 읽은 죽음을 들고. 진정한 용기는 전쟁도 혁명도 변절도 아닌 오늘을 견디는 법에 있다고 생각하면서. 어제와 똑같은 자리에 다시 마침표를 찍는 손. 털끝 하나 떨리지 않는.

패셔니스타의 한 가지 고뇌

열정 없이 흔들린다. 아무런 비유도 갖지 못한 얼굴. 몇 종류의 침 냄새가 사타구니를 핥고 지나간다. 절정은 끝내 오지 않았고 이름 없는 아이들만 태어났다. 나는 더욱 산만해져 불이 꺼지면 한 가지 동작을 지속하기 힘들어졌다. 거울 속 파닥거리는 날갯짓. 다리를 떨었다. 깎아도 깎아도 자라나는 손톱처럼. 숨소리는 당연하고 지겨웠다. 구름 한 점 없이 표독하게 맑은 하늘. 당신, 속이고 있다고 속는 게 아닐까? 늑대의 시간을 알아듣는다고 믿는 토끼처럼. 모든 사물의 실루엣이 극명해지는 이 시시각각. 벌어진 시간 사이로 자포자기한 다리. 오늘 밤 너를 믿지 않고 어떻게 견딜 수 있겠니. 제트기를 타 본 적 없어도 제트룩을 입는 자신감. 입속에 담긴 혀. 고슴도치를 핥는 비굴함쯤이야. 내일 아침을 믿는 실수의 되풀이. 그 능숙함에 비한다면. 줄거리 없는 무분별한 에피소드들에게. 이제 그만 안녕, 너만 아는 모자이크여. 그러니 누군가 아무렇지 않은 척 말해 주어야.

누구, 텔레비전 끌 사람?

새우깡 닭다리 그리고 하마

하마는 책상 위에 있다
어머니는 세입 과오납금 통지서를 하마 옆에 놓으신다
무엇이 사실인지 인정하는 것이 용기다
하마를 서랍 속으로 옮긴다
이름을 부르면 자꾸만 '네' 하는 뿌리 깊은 습관
어머니는 품속에서 새우깡을 꺼내신다
어느 슈퍼에서나 오해 없이 존재하는 짭짜름한 맛
나는 서랍 속 하마를 꺼내 베란다에 풀어놓는다
어머니는 사각의 닭다리 두 통을 던지신다
바비큐 맛 불고기 맛 둘 중에서 골라라
하마는 길쭉한 코를 뻗어 허공을 말아 올린다
나는 어머니에게 따귀를 맞는다
사실의 전달이 왜 나쁜 것이냐
나는 벌겋게 손자국 진 뺨을 어루만지며
황금빛 갈기가 자란 하마를 풀어놓는다
동물의 왕국 속으로 사라지던 하마는
뒤돌아보며 다음 이 시간을 약속한다
바짝 붙어 앉는다고 더 잘 보이는 건 아니다
어머니는 내 손에서 리모컨을 빼앗아 가신다
그나저나 하마 속으로는 뭘 숨기려고 했던 거니?

우리는 똑같은 티라노를 가지고 있다

플라스틱 대야에 빠진 티라노는 출구를 노려본다
발등의 고춧가루는 그저께 담근 김치 때문이다
물이 뚝뚝 듣는 대걸레를 넘어뜨린 아이는 방에 있다
곰돌이 푸의 시야를 가린 것은 양말
곰팡이가 시작된 것은 보솜이 박스가 아니라 텐트 가방
수유 쿠션 위로 가루 세제를 쏟은 것은 옆집 쌍둥이다
운전면허증은 사진 때문에 버리지 못한 것이고
버너를 안 치운 건 뚜껑이 없기 때문인데
당신은 왜 화부터 내나
차라리 내가 가진 베란다의 사실들이 탐난다고 말하라
부동산 개론에 오줌을 싼 것은 내가 아니라고 몇 번을
말했나
목 돌아가는 저 티라노 어디서 샀나 궁금해하는 거 알
고 있다
영마트에서 사 놓고 한아름에서 샀다는 거짓말은 하지
않는다
쿠폰갖고커피못사요
점원을 바라보던 내 표정까지는 모를 테니까
뜯다 만 요플레를 사과 박스 속에 처박은

나의 복수까지는 모를 테니까

우연에서 출발한 내가 사실이 되는 지점의 법칙 같은 것

당신과 내가 두 개의 얼굴로 갈라지는 순간의 법칙 같은 것

어쩜 우리는 똑같은 티라노를 들고 놀이터에서 마주칠 수도 있겠지만

알레고리 체험

소설가 1은 금일 시인 총회의 안건이 '그것'임을 공표했다.

소설가 2는 '그것'의 원관념부터 밝히라고 한다.

소설가 3은 '그것'의 애매모호를 상징으로 호도하지 말라고 한다.

소설가 4는 '그것'에 관한 무관심만이 품위를 지키는 유일한 방법이라고 한다.

소설가 5는 '그것'을 공개하지 않는다면 사과로 불러 버리겠다고 한다.

소설가 6은 이제야말로 '사과'와 같은 개별적 리얼리즘에 집중할 때라고 한다.

소설가 7은 "공산주의자들!" 고함을 지르며 소설가 6을 향해 주먹을 날린다.

소설가 8은 "이마에서 피가 납니다" 소설가 6을 향해 달린다.

소설가 10은 피를 향해 내달리는 소설가 7의 젊음이 부럽다고 한다.

소설가 11은 "겁쟁이!" 소설가 10에게 말한다.

소설가 12는 '그것'에 관한 습관적 고뇌의 시선이 아쉽다고 한다.

소설가 13은 소설가 12의 반성이야말로 고질적 병폐라고 한다.

　소설가 7은 소설가 6을 때리는 시늉만 했을 뿐이라며 억울하다고 한다.

　소설가 6은 설혹 소설가 7의 말이 사실이더라도 자신의 이마에서는 계속 피가 나야 한다고 한다. 소설가 8은 계속 달려와야 하며 소설가 7은 계속 폭로를 일삼아야 한다고 한다. 그것이 바로 수많은 어제를 거뜬하게 견뎌 낸 시인들의 비법이라며.

　소설가 14는 '그것'에 대해 아는 척하는 것은 의외로 쉽다고 한다. 문제는 총회 뒤의 스케줄이 텅 빈 것이라며 소설가 7에게 번거롭겠지만 자신에게도 한 방 날려 줄 수 있는지 묻는다. 말이 끝나기도 전에 소설가 8은 이미 달릴 준비를 하고 소설가 15는 이번에는 자신이 손수건을 건네주겠다며 누구든 선수 치면 가만두지 않겠다고 한다.

　소설가 16은 이번 참에 '그것'의 정의를 다수결로 내려 보자고 한다.

　소설가 9는 모든 것이 자신이 잠든 사이 진행되었다며 다시 처음으로 되돌려 놓지 않는다면 이 자리의 모든 당신

들을 자신의 꿈으로 간주해 버리겠다고 한다.

소설가 17은 중요한 것은 결과보다 과정이라며 눈물을 훔친다.

소설가 18은 시인 총회에서 왜 소설가만 발의를 하는지가 더 성급한 연구 과제라고 한다.

소설가 19는 지금의 자신을 있게 한 1에서 18에게 감사드린다며 명함을 돌린다.

소설가 20은 '그것'에 골몰하는 순간만큼은 '그것'을 잊을 수 있어 행복했다며 그러나 매번 이런 식으로 회의 시간이 늘어지는 것은 곤란하다고 한다.

소설가 21은 '그것'의 남발이야말로 오랜 총회 유지의 원동력이라며 서기를 통해 회식 자리가 마련되었는지를 물어왔다.

2부

판타지 안녕

판타지 안녕

엘리베이터는 마침 1층에 있다
우유도 샀고 커피 믹스도 샀다
사은품으로 머그잔 두 개가 딸려 있다
저녁 메뉴는 결정 못 했다
카레가 아닌 것은 확실하다
택배는 아직 도착하지 않았다

샘플만 먼저 신청한 것은 현명한 일
스킨과 젤만으로 수분을 유지할 수 있다면
h에게 전화를 걸어
판타지의 유혹을 이겨 내고 있다고 말하자
장롱 속 썩어 가는 머리는 택배 기사 것이 아니다

h, 아직도 가끔씩 목욕탕에서
항문 속으로 머리 집어넣는 연습을 한다면
그사이 아이들이 널 찾는다는 것을 기억해
담배 냄새를 지우기 위해 자일리톨을 낭비하면서
이 세계를 사실로 받아들일 수 없다는 것은
비겁한 짓이야

옆집 여자는 코끼리 코라고 그래도 일기에 쓰고 싶다면
머그잔 말고 다른 사은품을 요구해 보는 건 어떨까
마트 앞 주정차 금지안을 건의하는 것도 괜찮아

매워 보이는 반찬은 맛부터 보고 양을 결정해야겠지만
아이들이 주머니에 김치를 숨겨 오는 데는 이유가 있어
상담 도중 코를 들이마시는 콜센터 직원에게 친절하긴
힘들지만
이 다음 올 짐 많은 누군가를 위해
엘리베이터는 마침 1층에 멈춰 있기를

h, 우리 함께 그런 기도나 해야 할 시간이야

웅진 코디와 다이아 반지

재채기를 한 뒤 영수증의 금액을 확인한다. 신문값이나 환경개선부담금은 아니다. 그것은 저녁을 먹기 전의 일. 물리학에 관한 것일 수도 있지만. 돼지고기에 연관된 것일 수도 있다. 어쨌든 나는 신이 나 있다. 고개가 왼쪽으로 조금 기울어진다. 그것은 저녁을 먹기 전의 일. 껌을 씹다 오른쪽 엄지를 구부린다. 코를 긁은 것은 아니다. 입속으로 넣은 것도 아니다. 치과 의사를 떠올린 것은 그럼. 손톱을 깎기 전과 머리를 감은 후. 둘 중 하나의 다음이거나 먼저인데. 자리를 박차고 일어나기엔 아직 이르다.

당신은 나를 알고 싶다고 했고. 나는 사실만으로 나를 말하는 중이다. 칫솔의 종류와 간호사의 향수가 아직 남았다. 계란 프라이 속 딸기 잼은 그다음이다. 화를 내고 싶다면 좀 더 기다려야 한다. 우리가 왜 같은 오늘 속에서 만날 수 없는지. 아직은 내 설명을 더 들어야 한다. 웅진 코디가 올 때마다 다이아 반지를 꺼내 끼는 대목에 이르면. 조금은 진정이 될까.

할로윈 무도회

패리스의 첫 남자가 궁금해? 회색의 방문 앞을 서성이는 독고준. 싫은 건 싫다고 말하렴. 승복의 입에 돌을 넣고 꿰매는 빨간 모자. 옥수수 낱알 위로 검은 피를 흩뿌리는 바스키아. 알리바바와 40인의 김신조, 아직 못 읽었다고? 널브러진 흑백의 시체들 따라 롱 테이크. 아리랑이 삽입되자 킬빌의 닌자들 발끈 솟아오르고. 상투 하나 잘랐을 뿐인데 어제는 벌써 옛날이 되다니. 예를 갖추라. 물렁물렁한 캔버스 방패 삼아 나타난 달리. 단단한 채로 썩고 싶다는 거겠지. 고뇌와 기만 사이 납작 갇힌 채. 어찌 이토록 아무 문제없사올지. 길동 읍소하며 가로되. 율도를 세울 명분을 주옵소서. 그때, 가다마이 입고 나타난 모던 보이. 윙크하는 그에게 제대로 된 인사 가르쳐 주마 화장실로 불러내는 단재. 두루마기의 실용성을 가르쳐 주겠다는 다산. 발음이 수상쩍다며 모던 보이를 신고하자는 독수리 훈련병. 나만 졸졸 비춰 줄 미러볼을 원하는 것은. 확성기 높이 쳐든 레지스탕스. 반역입니다. 모조리. 깡그리. 다 이름 붙여 버릴 거야. 담요로 태양을 가린 채 해변의 모래알 세고 있는 개구리 왕눈이. 마릴린은 숨이 턱에 차 뛰어든다. 늦었다고 걱정 말아요. 도무지 끝날 줄 모르는 파티. 알몸이면 어때.

어서 같이 흔들어요. 이 텅 빈 여백 천지 속. 뭐라도 되어 길이길이 남아 보자고요.

미시사 연습

컵에 든 설탕을 녹이고 있어요
유리컵일 수도 있고 플라스틱 컵일 수도 있어요
각설탕일 수도 있고 분말 설탕일 수도 있어요
설탕 대신 소금일 수도 있고
컵 대신 냄비일 수도 있고
녹이는 것이 아니라 끓이는 것일 수도 있어요
손가락 하나로 젓는 시늉만 했을 수도 있고
컵 바닥을 스치는 스푼 소리만 냈을 수도 있고
의자에 앉아 두 다리를 꼬고 있지만
낡은 파라솔만 덩그런 여기는 해변일 수도 있어요
파도가 밀려드는 욕실 문은 삐걱거리고
갈매기들은 개수대 속에서 뭔가 낚아챌 수도 있겠죠
하지만 난 컵에 든 설탕을 녹이고 있습니다
내 두 발은 단단한 거실 바닥을 가졌고
덕분에 추락하지 않고 치킨을 기다릴 수 있지요
설탕은 벌써 녹아 사라졌네요
녹기는 아까 녹았는데 지금 말할 수 있지요
아직 녹지 않았는데 녹았다고 할 수 있지요
넣지도 않았으면서 넣은 척했을 수 있지요

모든 것이 욕실 안 누군가의 상상이라 할지라도
이것은 여전히 설탕이 녹아 있는 컵입니다
나는 지금 치킨을 기다리고 있고요
쿠폰 여섯 장은 냉장고 문에 붙어 있습니다
냉동실 문인지 냉장실 문인지 물어 온다면
또 다른 시즌은 그때부터 시작입니다

책상의 자기소개

　모니터 위 달력. 다른 기준도 가능합니다. 프린터 옆 스피커. 필통 아래 노트. 무엇이든 처음이 될 수 있어요. 액자 크기는 상관없지만. 탁상용일까 벽걸이일까. 난감한가요. 사실과 환상의 경계란 그렇지요. 당신과 나 사이에서 변질되는 줄거리. 29일 붉은 동그라미 오빠 생일. 이것이 2월의 메모라면. 나의 하루는 그래서 신 나요. 새로운 미로를 하나씩 늘려 가는 뿌듯함. 방문자들이 뭐라 손가락질하더라도. 날마다 길을 잃지 않고선 견딜 수 없지요. 나를 소개하는 것이 점점 어려워지지만. 사고 싶은 가방의 목록을 써 내려 갑니다. 그들의 국적과 네임은 모두 사실이지요. 부끄럽지는 않아요. 나는 어떤 짓을 해도 들키지 않는 특별한 사람. 공기를 소비하는 통로입니다. 겸손한 어머니는 내 입을 도려내지만. 걱정 마세요. 곧 자라나지요. 여기까지 오게 된 건 내 책임이 아니니까요. 머리부터 발끝까지 나와 일치하는 내가 궁금하세요? 아쉽게도 그림자는 나보다 조금 늦게 움직이지요. 하지만 오늘은 여기까지. 컵과 전화기, 우주에서 제일 쉬운 영문법*, 계산기와 지로 통지서, 오렌지색 손잡이. 걱정하지 마세요. 서랍까지 열어 보이며 애걸

하지는 않을 테니까. 전동 칫솔은 나의 마지막 배려라고 해
둡시다.

* 레오짱 지음. (잉크, 2010)

부끄러워야 사는 여자

나의 모험은 오로지 머릿속에서만 일어난다

상상의 모험은 안전하고 편리하며 부끄러울 수 있어서
좋다

진짜 부끄러움이 아니라 부끄러움 비슷한 것이라는 걸
안다

하지만 아프리카는 너무 멀고 기아 체험에는 진정성이
없다

서명운동 같은 거라도 좀 해 보고 싶지만

전봇대마다 초보자도 가능하다는 생산직 구인 광고에

호박 포장에 끈을 끼워 웅진 전집을 사는 102호도 있고

색깔 별로 전선을 맞춰 구몬을 시키는 803호도 있다

전쟁이 무서운 건 경매로 산 논공의 집이 폭격당할까 싶
어서인데

나만 아는 부끄러움은 소용없을 것 같아 밤에는 일기를
쓴다

언젠가 발각되기를 바라는 마음을 떠올리니 부끄럽다

폭격당한 건물은 어떻게 보상받을지 생각하다가 부끄
럽다

다른 사람보다 부자 같다고 생각하니까 부끄럽고 부끄러

우니까 좋다

분신한 친구, 사실은 내 친구도 아닌데, 친구라고 하니까 좋다

때때마다 들먹이며 무슨 세대인 척하니까 부끄럽고 좋다

그런데 갑자기 누군가 달려들어 따귀라도 올려붙일 것 같다

그 사람 손이 얼굴에 닿기도 전에 무릎을 꿇고 조아릴 것 같다

하지만 그런 사람 뭐가 아쉬워 여기까지 올까 생각하니 두렵지 않다

나도 모르는 내 얼굴 어떻게 찾아낼까 생각하니 두렵지 않다

감쪽같이 숨었다고 생각하니 안심이다

안심이라서 좋기는 한데 부끄럽지가 않다

아무도 찾아오지 않을 것이라 생각하니

무슨 일을 해도 부끄럽지가 않고

부끄러워지는 재미가 없으니 영 죽을 맛이다

모빌의 용기

모빌에 매달린 동그란 눈알
바람이 불었고
비닐이 공중을 떠다녔다
단수를 알리는 안내 방송
담쟁이덩굴은 거실 벽을 뒤덮는다
공유기설치를원하면연락주세요
사내는 명함을 내민다

비둘기의 발에 영수증을 매달아
벽 속으로 날린다
내가 오늘 무슨 가방을 샀는지
어서 가서 전하렴
분이 풀리지 않은 어머니는 가위를 들고
내 머리 가죽을 피 한 방울 없이 벗겨 내지만
나의 잘못이 무엇인지는 밝히지 않는다

천장을 뚫고 썩은 사과가 떨어진다
나는 지금 누워 있고 모빌의 눈알은 깜빡거린다
다리를 조금 떨다가 그만둔다

유리창 밖으로 비행기 소리가 지나간다

하나를 잊기 위해 하나에 골몰하는 법을 모른다면
영원을 잊기 위해 영원에 골몰하는 법을 모른다면

쉬운 것부터 하라고 말하고 싶다
식후 디저트 선택이나 용변 후 손 씻기 같은

김의 사과 작법

마음에 안 들어, 요즘 김의 작법은. 사과 토론에는 나오
지도 않으면서. 사과 시인 톱 텐에 드는 것은 불공평해. 사
과 소비에 대한 열정은 우리도 못지않아. 진심을 모르겠어.
우리가 먹지 않으면 김의 사과도 끝인데. 나 같으면 정중히
사과하고 톱 텐 같은 데 들지 않겠어. 사과 따위 모르는 척
우주인이 되는 것도 괜찮지. 우리 사과를 진짜가 아니라고
우기면 어떡해. 걱정 마. 사과는 언제나 대중의 편. 김이 사
과로 접근하는 데는 이유가 있어. 사과 농사나 짓고 살자
는 말은. 우리가 이 세상의 사과를 먹는 사람들이라는 뜻
이야.

마당의 사과나무가 두려워질 때마다. 창문 열고 사과 한
쪽 하자고 먼저 말해. 포크를 사용하는 사람들을 불러. 커
피를 아는 사람들과 식탁 위에서 사과를 먹는 거야. 해답
은 사각거리는 순간 속에만 있지. 껍질을 쓰레기통에 넣을
줄 아는 사람들과 계단 내려가는 법을 아는 사람들. 우리
함께 놀이터의 아이들에게 사과 지키는 법을 전수하는 거
야. 씨앗을 심을 줄 아는 사람들. 내일 또 만나 손 흔들며
얼굴 파랗게 질리지 않는 사람들. 왜 이렇게 여기서 붉은

빛을 발하는지 도무지 알 수 없는 사과. 그 껍질에 칼을 대
는 용기가 이제 김에게도 필요해.

내 책상 위의 인형

지금 웃고 있나요. 내 허락받았나요. 놀이터에서는 괜찮다고 누가 그래요. 나 모르게 흘러가는 것. 괜찮다고 누가 그래요. 아이들이 죽인 개미. 모조리 그 얼굴을 알아야겠어요. 내가 보기도 전에 대가리 납작 터지는 개미. 용서할 수 없어요. 모래 더미에 찍힌 손자국들. 다 밝혀 내세요. 미끄럼틀 뒤로 넘어진 자전거. 처음부터 다시 넘어지라고 하세요. 그 옥수수는 또 누가 준 건가요. 눈에 보이는 것도 대답 못 하면서. 나는 왜 여기 놔두는 건데요. 꼭 쥔 주먹 펴 보세요. 사탕 껍질만 남았네요. 누가 언제 줬는지 말하기도 전에 다 먹으면. 그 사탕 없는 거예요. 혓바닥 빨갛게 물들었어도. 당신, 사탕 안 먹은 거예요. 울먹일 때마다 풍겨 나는 딸기 냄새. 소용없어요. 눈 깜빡이기 전에. 나한테 먼저 물어보세요. 이는 그다음에 닦을 수 있어요. 팬티도 그다음에 갈아입을 수 있어요. 그 책상에서 그 이름으로 사는 것도 그다음에. 내가 먼저 알고 난 다음에 할 수 있어요.

다문화 가정의 로맨스

요즘누가이런걸혼들어요. 아버지가 태극기를 찢는다. 누구핏줄인지는알고있어야지. 할머니는 비녀를 뽑아 성호를 그린다. 그 틈을 타 매부리코 숙모 새하얀 테이블보 식탁 위로 상륙시키고. 절반씩나누라고명청아. 삼촌이 과도를 치켜들자. 아메리카식은아니군요. 얼굴 붉힌 매부리코 숙모에게 소금좀다오 할머니가 손을 내민다. passmethesalt! 아버지는 물컵을 내던진다. 고모의 사타구니를 핥던 개들이 순간 흩어진다. 이런피는슬프구나. 할머니는 유리 파편을 주워 손목을 긋는다. 제가더빠르겠네요. 아버지는 욕실에 닻을 내린 거선 위로 투신한다. 눈물흘리는게갈수록힘들구나 어머니는 고개를 쳐들고 안약을 짜 넣는다. 뒤룩뒤룩무거워질테야. 동생은 코르셋을 내팽개친다. 평론가김을그대로 베꼈군. 고모의 항문에 바셀린을 바르다 말고 오빠는 코웃음 친다. 무거운게뭐가흉이냐. 할머니는 혀를 찬다. 그만하세요버릇나빠져요. 어머니의 흘겨 뜬 눈에서 안약이 흘러내린다. 나는 할머니의 팔뚝을 따라 흐르는 피에 슬쩍 얼굴을 비벼 본다. 게을러터진것. 어머니는 내 뺨을 올려붙인다. 넌지금이대로가예뻐. 내게 속삭이던 매부리코 숙모는 테이블보의 리본을 구라파식으로 만지작거릴 뿐.

프레파라트 소년

방금 자른 손목의 한 단면이야
거짓말처럼 사라질 나를 눈앞에 두고
물관과 체관의 차이점 궁금해해야겠니?
발소리 가볍게 백과사전 앞에 선 너는
책장을 넘기기 위해 구부러지는 손가락에
아무 두려움 없구나
금붕어는 소리 내 울지 않는다는 너의 신념
어항을 떠다니는 눈물을 꿈속 깊이 숨긴다
환상이 불편하면 사실로 만들면 되고
사실이 불편하면 환상으로 만들면 되고
아침 식사를 권하는 네 얼굴 위로
손목을 쳐들어 핏방울을 뿌려 보지만
뜨거운 물에 세탁하진 말아야 해요
너는 내 소매에 번지는
피의 얼룩을 가리킬 뿐이다

개 한 마리의 밀항법

교차로로 뛰어들던 개의 행운을 빕니다
필기해도 괜찮습니다
나는 오늘 아침의 사실을 말합니다
멸치 볶음에 간장 넣지 않았습니다
통깨는 마지막에 뿌렸고 원산지는 모릅니다
설탕 봉지는 노란 고무줄로 입구를 봉했고
지름이 서로 다른 팬 두 개를 사용했습니다
아니요, 나는 방사 유정란만 씁니다
두 개를 사용했지만 깨뜨린 것은 세 개입니다
나머지 하나는 어떻게 됐을까요
시간 속으로 모락모락 피가 증발하는 동안
골몰할 유정란 하나는 사치가 아닙니다
배아를 둘러싼 실핏줄이 비위를 건드린다면
행운을 빌었던 오늘 아침의 개는 아직 교차로에 있습니다
왜 하필 거기 멈춰 꼬리를 살랑거렸는지 궁금해해 볼까요
옆 사람 얼굴 쳐다볼 필요 없습니다
배는 항상 그렇게 얼렁뚱땅 갈아타는 겁니다
가끔 가족사진 꺼내 보는 것만 잊지 마시길
멀미가 걱정된다면

우유 대신 왜 생리대

조금 더 친절합니다
그럼 말하지 않아도 됩니다
비밀이 있을 때는 그렇습니다
거짓말과는 다릅니다
점심값은 내가 전부 냅니다
언니! 언니! 부르게 놔둡니다
왜 싫어하는지 말하지 않습니다
친절하면 됩니다
가방을 하나 더 사 줍니다
신발을 하나 더 약속합니다
그럼 모텔 같은 데서 목매지 않습니다
낯익은 지옥의 삶에는 요령이 필요합니다
오른손이 내는 소리로
왼손이 내는 소리를 덮습니다
눈 감는 것이 무서우면
졸리지 않다고 말하면 됩니다
거짓말과는 다릅니다
보기 싫은 얼굴 서랍 속에 감춰 놓고
잃어버린 척 찾아다니며

시간 보내는 것과 비슷합니다
미친 듯 손목 그었던 일요일도 흘러가야 하고
양파 망에 끈을 꿰는 부업도
1년 내내 있으란 법 없으니까요

콜롬부스 등단기

파리가 날아들었다
베란다 창을 통해 방금 거실로
흥분을 가라앉히기 위해 양손을 맞잡는다
나만의 이 순간을
나보다 먼저 목격한 누구는 설마 없겠지
파리의 비행은 인간의 보행만큼이나 새로울 게 없지만
언제부터 내 눈높이를 날게 됐는지
의문을 가진 사람 있을까
그까짓 게 뭐라고 비웃을수록 좋다
같은 주제로 경쟁할 일은 없을 테니까
불공정한 시합이라 할 수 있지만
웬만한 섬들은 모두 발견되고 말았고
저 파리는 언제부터
지금, 이 순간, 내 눈높이를 날았나?
처음 발견한 자로서 이름을 올릴 수만 있다면
행주를 짜는 손이 떨린다
더 이상 표류하지 않아도 된다
최초라는 걸 증명해야 하지만
푸른 백조가 존재하지 않으려면

세상의 모든 백조는 흰색이어야 하니까
모래알들의 같으면서도 다른 얼굴에서 용기를 얻는다
한 발자국 속 제각각 기울어진 그들의 사생활에서

3부

A양 일과

A양 일과

거실 창으로 쏟아지는 햇빛 좀 보세요. 초록 바닥이 우주처럼 반짝입니다. 벌써 송곳을 꺼내나요. 우린 아직 커피가 남았는데. 군더더기 없는 진행이네요. 허벅지에 새로 상처를 냅니다. 빈자리 용케 찾았군요. 무작정 찌르고 후벼 파는 게 아니에요. 옆에 펼쳐진 노트 좀 보세요. 상처의 완성 과정을 기록합니다. 그림도 있어요. 출판을 생각하는 걸까요. 과대평가는 금물입니다. 서랍 정리나 욕실 청소보다 나을 것도 없어요. 하루를 보내는 방법은 제각각이죠. 송곳을 멈추고 예전 기록을 살피는데요. 상처를 대조하고 있습니다. 모양의 중복을 피하겠지요. 오늘이 어제 같으면 안 된다나요. 휴식 시간에는 뭘 합니까. 전쟁 다큐를 보네요. 오리지널에 대한 동경 같은 게 있어요. 상처에 관한 아이디어도 얻고요. 한번은 취재 카메라를 보고 윙크하는 수십 년 전 이국 소년에게 스톱모션 걸고 물컵을 던지더군요. 물은 튀기지만 간지 나는데요. 외출합니다. 저 다리 갖고 놀이터 가네요. 첫 회부터 그건 일관성 있어요. 가스 검침 추가됐어요. 택배 기사 방문 삭제됐고요. 저런 허벅지를 목격한 얼굴 치고 건조하다 했지요. 하드 먹던 애들이라도 다가와야 할 텐데요. 요구르트 아줌마도 나쁘지 않죠. 근데 요즘은 이런 텍스트뿐입니까. 호주머니의 유행 탓이죠. 빈주먹 하나로 순식간에 불룩한 궁금증을 만드니까요. 하지만 이렇게 유혈 낭자해 놓고도 원인이 없다면, 전 별 세 개 드립니다. 가만, 이쪽 보고 윙크하는데요. 우리 보고 물컵이라도 던지라는 걸까요. 설마요, 어디선가 날아와 주겠지요.

행복한 콩팥

네 껍질 깎아 줄 생각 없어. 사과 노릇 그만두는 게 어때. 꼭지 떼고 딸기처럼 먹어 주지. 퉤퉤 씨 뱉으며 수박처럼. 껍질 축 늘어뜨린 채 바나나처럼. 속 박박 긁어내고 참외처럼. 이 사이로 자근자근 포도처럼. 침 묻은 씨 땅에 심을까. 주렁주렁 열리는 다음 세계의 얼굴. 가지마다. 나무마다. 너만 네 옆의 너를 몰라보지. 손님들 모두 돌아가고. 네게 꽂힌 포크 뽑아내며. 이 자국 도려내다 말고 물끄러미. 왜 모르겠니. 아무것도 아닌 채로 한 시간만 거울 앞에 앉아 있으면. 개수대 던져진 포크 다시 꼽고. 접시 위로 납작 엎드리고 싶은. 이름 모를 입속으로 사각사각 사라지고 싶은. 아무것도 아닌 채로 한 시간만 거울 앞에 앉아 있으면. 어머니 왜 그렇게 어머니가 되려 하셨는지. 사무치게 알 것 같아. 무당벌레 무심한 발에 팍삭 터져도 이것봐무당벌레다! 제 이름 불러 주는 아이들 때문에 좋아 죽었던 것처럼. 콩팥 다 뭉개졌어도 그 콩팥 행복할 거야. 아무것도 아닌 채로 한 시간만 거울 앞에 앉아 있으면. 꿈보다 분명한 전쟁 속에서. 총 맞고 터진 눈알 방바닥을 굴러도. 눈알은 눈알이라서 행복할 거야.

귤 세 개의 풍경

    베란다에서 귤 세 개를 가지고 거실로 돌아오니. 삼촌은
화가 나 있다. 안방에서 폭탄이 터졌는데 귤이 넘어 가느냐
며. 폭격기는 부엌 창문으로 날아들었다고 한다. 나는 벽을
보고 서 있으라는 명령을 받는다. 삼촌은 언제 오신 걸까.
베란다로 갈 때는 오빠만 있었는데. 나 혼자 다 먹으려던
게 아니다. 맛 좀 보자 하면 나눠 주려고. 그 마음은 알지
도 못하면서. 양손에 쥔 귤 서로 맞바꿔 잡는데. 어머니 안
방에서 즉사하셨다는 아버지 말씀. 출석부로 내 뒤통수 후
려치는 삼촌. 한가하게 귤이나 바꿔 쥘 때냐고. 벽에 이마
를 찧으며 귤을 놓친다. 쥐 나는 손을 참는 게 왜 옳은지.
물어보고 싶지만. 바닥에 데구르르 귤 하나. 이모가 주워
든다. 남은 두 개 내가 먼저 주우려 몸을 숙이자 삼촌이
내 엉덩이를 걷어찬다. 고꾸라진다. 얼굴을 풍덩 빠뜨릴 수
없는. 단단한 시간. 다시 벽을 보고 서 있어야 한다. 잘못한
게 생각날 때까지. 부끄러워질 때까지. 이모는 소파에서 귤
을 까먹는다. 이렇게 맛없는 귤 난생 처음이라며. 노발대발
까먹는다. 저렇게 하면. 방바닥에 쏟아진 어머니. 귤을 먹으
면서 귤을 부정하면. 무릎 꿇고 묵념하는 오빠. 먹을 수 있
는 건가요. 다시 폭격기 날아들어도. 입에 고이는 침을 모

르고. 먹을 수 있는 건가요 오빠. 눈물 한 방울 안 맺힌 눈
가만. 옷소매로 훔치는. 오빠.

서랍의 역사

88년 우황청심환 빈 통에 바구미를 모은다. 87년 비닐봉지에 파리를 가둔다. 86년 쌀자루에 연필로 구멍을 낸다. 91년 꿀통에 나방을 빠뜨린다. 89년 함께 살던 개의 수염을 자른다. 93년 언니는 창문을 타 넘고 들어온다. 84년 언덕 위 오빠들 우리를 불러 세운다. 85년 현숙이는 목을 째고 고름을 짜낸다. 86년 공장 간 창숙이는 기숙사에서 도망친다. 84년 영희 아버지가 모는 11번 버스를 탄다. 80년 붉은 캐시미어 담요를 덮어쓰고 자위를 한다. 85년 듀란듀란 옆에 보이 조지를 부친다. 82년 야구공이 날아와 유리창을 산산조각 낸다. 81년 장희빈을 보는데 눈물범벅 이모가 들이닥친다. 89년 껌씹는소리너무거슬려 은미한테 말 못 한다. 도대체이런얘기왜들어야해? 벌떡 일어서는 너를. 79년볼거리때문에학교못갔다니까. 등 돌리는 너를. 날알고싶다고했잖아. 서랍 속에 쑤셔 넣는다. 83년영희는날두번버렸어. 정수리를 살짝 도려내자 서랍은 들뜨지 않는다. 84년리비아에서돌아온오빠가흔들샤프를사왔지. 90년 화장실에서 손을 씻고 제자리로 돌아온다. 내가궁금하다고? 93년 다시 새로운 눈동자의 앞. 88년 우황청심환 바구미부터 시작한다.

서랍 꾸미기

　문을 열자 그들은 화부터 낸다. 집 찾기 쉬운 것이 왜 내 잘못인가. 신발도 벗지 않고 들이닥친 무례. 나야말로 화가 나야 하는데. 80번의죄책, 이라는 목덜미 문신. 다들 약속이나 한 듯. 전성기 하나씩 깊이 새긴 채. 60번의혁명 피 묻은 맨발. 책가방 깔고 앉아 장롱 속에서 망을 본다. 자네말고세든사람더없나. 기미년의서대문 해진 버선발로 방마다 기웃거린다. 화장실좀씁시다. 군화의 먼지를 털어 내는 50번의용사. 엄마가좋소?아빠가좋소? 뱃사람으로 분장한 공작원 불쑥 마이크를 내민다. 걸레 쥐고 더듬더듬 하는 사이. 첫회부터제대로본게없군. 70번의고속도로 식탁 위 땅콩 한 움큼 집어 들고. 선배를몰라보시겠네. 6월의광장 넥타이를 고쳐 매며. 다음엔좀더어려운발을가지게. 45번의만세 내 구두에 침을 뱉는다. 올 때와 마찬가지로 화를 내며 사라진다. 발자국도 당장 가져가라고 하고 싶지만. 빨래 건조대에 목 맨 아버지는 왜 건너뛴 걸까. 책상 서랍을 보여 주려 했는데. 은박지 공 물어보면 수첩 속 말린 나비까지 말해 주려 했는데. 검은 조개껍질 물어보면 유리병 속 이빨까지 말해 주려 했는데. 뚜벅뚜벅 사라진다. 감쪽같이 없는 사람 만들어 놓고. 기꺼이 목 내주신 아버지만. 그런데 발자국들. 서랍 옆에 붙여 놓으니 어울리긴 한다.

버즈의 한 가지 얼굴

이것도 아닌데
방금 썼던 얼굴 벗어던지며 버즈는 울상이다
레고 박스는 구겨지고 뒤집어진 얼굴로 가득하다
손에 잡히는 대로 들어 올린다
이건, 휴지좀갖다줘 화장실에서 썼던 것
이건, 어머니 옆에서 입을 고칠 때 썼던 것
이건, 가투에 찬성하는 눈매를 만들 때 썼던 것
이건, 연달아 세 번 하고도 별로라고 말할 때 썼던 것
이건, 불국사에서 단체 사진 찍을 때 썼던 것
이건, 평화동에서 술 취한 가짜 간첩 봤을 때 썼던 것
이건, 주섭이 화장실 낙서 보고도 못 본 척했을 때 썼
던 것
약속 시간 다가온다
무슨 얼굴 쓰고 나가지?
아무도 깔볼 수 없는 거라야 하는데
위엄만 있어서는 곤란해
총탄 자국 가득했던 할아버지 얼굴
너도 나도 써 보고 기념 촬영 끝난 뒤 팽개쳐진 것
잊지 마

이건, 가방 좀 보자는 점원에게 침 뱉고 달아날 때

이건, 비뇨기과 침대 위에서 다리 벌릴 때

이건, 항문을 빠져나가는 구불구불한 정오

이건, 마지막으로 남겨 두는 이 세계의 웃음

어머니 돌아가시면 눈물 밑에 꼭 한 번 써 보고 싶은

천천히 골라 아직 해가 많이 남았어

이제는 꼬리 치는 것에 익숙해진 슬링키

행여 얼굴 벗겨질까

책상 밑으로 늘어진 엉덩이 내려다보지도 못하고

사이클

—— 사실을 이야기하는 클럽

k가 봤다는 산지 직송 꿀배 한 상자 5000원. 고려자동차 운전 학원 정문 앞 인도. a는 오늘만 5000원인지 원래부터 5000원인지 앞으로도 5000원인지 궁금해한다. b는 꿀배의 정의에 주목한다. c는 당도의 문제라고 한다. d는 꿀배는 순수 주관의 영역으로 검증 대상이 될 수 없다며 c와 대립한다. e는 꿀배는 공급자와 소비자 간 양심에 달렸다고 한다. f는 양심보다 윤리학이라 하고 g는 아무리 꿀배라도 돈이 없으면 그림의 떡이라고 한다. h는 사과처럼 꿀배도 취향일 뿐이라고 한다. I는 트럭을 못 보고 지나친 누군가에게 꿀배는 소문에 불과함을 역설한다. j는 본래 트럭이 빠져나간 자리에 대신 들어선 유사 트럭의 정체성을 묻는다. l은 5000원이 매우 싸다와 동의어가 될 수 있는지를 묻는다. 이때 m은 신천대로 방향으로 갈 수 없는 것에는 이륜차, 자전거, 손수레, 우마차가 있다고 한다. 신천대로 방향에서 논란이 예상되지만 산지 직송 꿀배 한 상자 5000원보다는 쉬운 사실이라는 데 대부분 동의한다. 꿀배를 직접 먹어 보기 전에는 모두 거짓말이라는 t의 볼멘소리는 언제나처럼 건너뛴다. k의 꿀배를 믿으려면 k가 사실인지부터 증명해야 한다는 s의 말을 끝으로 우리는 자리에서 일어선

다. 그것이 모임의 엔딩 사인이라는 것은 사이클 내 공공연
한 비밀이다.

오줌 사건의 내막

솔직하게 말해요. 어머니. 날 알고 계신 게 분명한가요. 이런 사건에 휘말리다니 믿을 수 없어요. 내 새끼라고 속이지만 마시고. 잠깐. 당신한테 인상 쓴 게 아니랍니다. 가방치워 드릴 테니 가던 길 계속 가세요. 아무리 결심해도 속는 건 순식간이죠. 그래도 지겹다는 말은 참 지겹지가 않아요. 어떤 사람들은 머리칼을 짧게 자르죠. 친구를 믿거나 착하게 사는 것도 방법이 된다고 믿어요. 보증금 갚는 쪽이 오히려 화내면 아무 소용없지만. 취득세 알아보는데 명함은 잃어버리고 제자리에 옷 걸지 않는다고 접시라도 던져 보세요. 찢어진 이마의 사실성에 나도 몰래 아파합니다. 칫솔이 변기에 빠져 맨손으로 건졌는데 출입 카드 없다고 주민 번호 불러 보라며 신분 조회합니다. 자포자기 심정으로 졸음을 믿으면 어느새 눈은 내려 감기고. 이런사건에 휘말리다니믿을수없어요. 처음부터 다시 써 내려가는 꿈이라도 꾸게 되면. 다음 날은 꼭 오줌을 싸는 사건이 벌어집니다. 이불 말리는 어머니 옆에서 입술 꼭 깨물며 참아 보지만. 자기전에미리놓을게요. 참회하지 않기란 힘들어요. 흐르는 눈물 훔치지 않기란 더더욱.

고체 수박

도마 위에 얼굴 올려놓고 반으로 자른다
부끄러운 쪽일수록 발갛게 잘 익었다
뿌리도 근원도 없는 딱딱한 죄책감
혀로 잠깐 감쌌다가 도로 내뱉는다
오감 믿는 재미에 도끼 자루 썩어 난다지만
믿으면 묵념해야 하고 묵념하면 조기 달아야 하고
눈 속에 평생 눈알 갇힌 채로 두리번거려야 한다
책에서 오린 반성 식탁에 올리는 오기는
광복절 유혹에 대처하는 용기
수박의 물질성을 고집하는 이웃은 있다
입에 고인 단물에 파리가 꼬이는 과정의 증명
솔깃하지 않고 나머지 얼굴을 파내 먹는다
난 이런 고통밖에는 만들 줄 모르니까
숟가락 든 손은 전체일 수도 부분일 수도 있지만
어떤 우주에서는 나의 이름이 지금처럼 발음되지 않듯
모가지만 남은 내가 비틀거리며
빈 접시에 포크 들고 개수대로 향하더라도
고양이를 두려워하는 이 세계의 나를 믿는 건
언제나 쉬워야 한다

나무가 있는 세계

어느 날은 나무에게 말하는 일도 벌어진다. 슈퍼 가다 문득 멈출 때. 마침 앞에 있는 나무. 옆에는 같은 나무가 또 있다. 걱정 마. 내가 너를 어떤 나무로 만들어 줄게. 비록 난 아이들을 가지고 있고 화요일에는 비도 오지 않지만. 나무는 대답하지 않는다. 제림 슈퍼 옆 십자가 보이니? 독수리표 페인트가 천일마크사 옆에 있어도 유천교를 지날 수 있을 거야. 바람 따라 나뭇잎들이 일어선다. 괜찮아. 집까지 뛰어가는 건 나란다. 슈퍼 가기 무서운 것도 나란다. 아침이 두려운 것도 나란다. 아직까지는 네가 아니라 나란다. 비닐봉지 한껏 바람을 먹고 공중제비를 돈다. 모든 것을 향해 날리는 머리카락. 트럭 밑의 고양이. 아이스크림 핥을 때는 눈을 감는다. 마지막을 상상하는 종들의 특별한 감각. 한 번이라도 내 말에 고개 끄덕여 주면 좋겠지만. 이해해. 너는 나무니까. 멈췄다 걸어가는 건 나겠지. 다시 찾아오는 것도 나겠지. 갑자기 사라지는 것도 나겠지. 아직까지는 네가 아니라 나겠지. 이제 나는 입을 가지고 저녁 먹을 거란다. 어금니가 맞부딪치는 자연스러운 시간을 맞이할 거란다. 이대로 무사히 집에 돌아간다면.

쇠사슬 토끼 수법

쇠사슬에 목이 매인 채 버려진 토끼
가끔씩 녹차 물병이 거꾸로 놓이는 창가
어두운 냄새를 곧추세운 낡은 부츠
쇠사슬을 끊기 위해 토끼를 버린 것일까
토끼를 버리기 위해 쇠사슬을 끊은 것일까
아까부터 눈은 위에서 아래로 내려 덮는다
어항 속, 지느러미가 지나간 자리마다 비늘 자국
손목을 오르락내리락하는 얇은 결심들
킹 크랩의 집게발 둥근 라이트를 움켜쥐고
햇빛 속 사실로 드러난 그림자를 쫓는다
그리고 나는 저녁 내내
오전 속으로 무언가를 숨긴다
줄넘기하는 운동화 끈이 바닥을 내려치는 동안
화장대 위 머리카락이 선풍기 바람에 떠다니는 동안
모두를위해몸의물기를닦고나옵시다 를 읽는 동안
자동으로 분사되는 천장의 피톤치드를 들이마시는 동안
눈은 또 아이들이 굴리는 눈덩이 속으로 무언가를 숨긴다

장래 희망의 소년

약국으로 향하는 사내. 를 따라 걸을까. 갈등하는 오래전 겨드랑이. 의 뒷주머니에 손 찔러 넣고. 약국으로 향하는 사내. 의 1분 전. 5분 전. 한 시간 전. 이 궁금한 약국으로 향하는 사내. 의 1분 전. 5분 전. 태어나기 전. 을 떠올리며 사각형의 바깥. 을 가로지르는. 약국으로 향하는 사내. 의 쓰러진 그림자. 밑으로 흐르는 바다. 이유가 없는. 1분 전. 5분 전. 사라지기 전. 약국으로 향하는 사내. 가 보지 못한 1과 1의 사이. 눈 깜박일 때마다. 몸 안의 어둠. 달려오는 자동차. 인도로 몸을 피한다. 나는 아직 너. 를 그로도 그녀로도 만들 수 있는. 햇빛 아래 일인칭. 빈속에먹지마세요. 약사가 말하면. 알겠어요선생님. 하는 사내. 가 될까. 거스름돈 받는 사내. 가 될까. 돌아오는 저녁. 벤치에 앉아 물약을 먼저 마시는 사내. 가 될까. 노을 배경으로 내일 점심을 약속하는 사내. 가 될까. 그림자쯤. 모른 척. 약국으로 향하는 사내. 가 될까. 굳이 사내가 아니더라도. 슈퍼로 뛰어가는 학생. 상한 우유를 따지는 여자. 변기를 고치는 남편. 이 될까. 집에 도착할 때까지 그렇게. 한 손에 약봉지 빙빙 돌리며. 무언가…… 될까? 빈칸에 알맞은. 무엇이…… 될까?

경희 언니의 수 세기

창문 밖. 보온병. 검은 단지. 프랑스 노래. 부러진 손톱. 비행기 소리. 딸기 잼. 그림 붓. 움푹 꺼진 눈. 2 다음 3. 다시 만나도 놀라지 않기. 7 다음 8. 동굴 속 약속. 그네 줄의 산화. 손바닥에서 녹스는 무늬. 태양 아래. 절로 멈추는 것. 4 다음 5. 눈 뜨면 돌아가는 팽이. 너도 곧 100년 전 거짓말이 된단다. 자동으로 날뛰는 아이들. 10 다음 11. 현미의 글씨체. 땅까지 질질 늘어진 코. 엄마와 한 침대의 삼촌. 김치찌개에 두부 넣고. 눈 뜨면 돌아가는 팽이. 세면대에서 거품 장난하는 아버지. 19 다음에 20. 자동으로 날뛰는 아이들.

가이는은 일상

주격조사로 가이는은 쓰는 게 확실해
책꽂이 표준국어문법론은 개정판
미학의 기본 개념사는 사물함에 있지
의성 엿기름 가지고 감주 만들었더군
못 믿는 것은 의도일 뿐
단맛에는 아무 문제 없어
실험에 성공하려면 범위를 한정해야 해
미스터리를 전제로 왕의 암살범을 파헤치거나
멸문지화의 틀 안에서 융통성 있게 몰락하는 식으로
가례나 제례 같은 스타일 많을수록 좋겠지
의심하는 형식 통해 안심하게 만드니까
볼펜이나 잃어버리면 제일 좋겠는데
방구석 뒤지며 시간 보내는 건 누가 봐도 그럴듯해
돋보기 쓰고 조선왕조실록 읽는 것도 나쁘지 않지
딱정벌레 양배추 틈틈이 알을 슬었던데
흙 속으로 파고드는 애벌레를 못 믿는 건 아냐
제 엉덩이 의심하는 딱정벌레만 조심하면 돼
하긴 의심했다면 짝짓기를 했을 리도 없을 테지
'나는'으로 시작하는 말을 했을 리도 없을 테고

다락방의 후시딘

아무 행동이나 막 하면 어때. 시시콜콜 누가 안다고. 시
간의 뒤편. 숨겨진 다락방. 부딪치지 않도록 조심했지. 오
로지 내가 되기 위해. 달력을 넘겼어. 없는 어제의 후회. 없
는 내일의 약속. 없는 기념일의 국기. 이거 내 연필. 이거
내 지우개. 이거 내 공책. 목청껏 고함지르다. 그 많은 나나
나. 모두 꿈속에 가두겠어. 몇몇은 몸을 날리지만. 없는 추
락. 없는 피. 옥상만 살아남는. 심드렁한 사후. 창문이 아니
라 창문일 가능성. 활짝 열고 손을 흔든다. 면도날에 검지
를 베는 분명한 사건. 후시딘 바른 손끝의 통증. 나는 점
점. 누구나 읽을 수 있는 사실이 되어 간다.

고아를 향해 달리다

저녁 귀퉁이를 뜯어 사라지는 아이
버스 정류장을 강물에 띄우는 아이
사금파리로 자정에 금을 내는 아이
쥐꼬리를 뽑아 쥐에 구멍을 내는 아이
스카이 콩콩으로 놀이터를 찌그러뜨리는 아이
고양이 눈알을 도려 저금통에 넣는 아이
하루 종일 5시를 맴도는 아이
한 움큼 바람을 호주머니에 쑤셔 넣는 아이
손목을 잘라 말 엉덩이에 붙이는 아이
벙어리장갑을 풀어 제 머리칼을 뜨는 아이
미로처럼 얽히고설킨 골목 부풀고
유리창마다 눈부시게 반사되는 웃음소리
어디선가 호루라기 소리 길게 울리고
어머니 얼굴 뒤집어쓰고 악수를 청하는 아이
따귀 때리는 소리 울려 퍼지는 골목
조금씩 흙이 부서져 내리는 어느 집의 입구

기의 결시

졸업 반지를 꺼내 손가락에 껴 본다
오전에는 단수가 찾아왔다
화단 방역 때문에 저층 세대는 창문을 닫았다
전등갓 속 집게벌레는 제 그림자를 등에 깔고 죽어 있다
냄새를 따라간 소파 뒤에서 썩은 사과를 발견했다
시를 찾지 않는 김의 결심을 알 것 같다
어머니가 골라 준 얼굴 그대로 끝내고 싶은 것이다
지금 먹는 이 파인애플이 정말 이 파인애플이었으면
하는 바람은 내게도 있다.
연필과 거품기 그리고 수저에 대한 믿음 같은 것
고무장갑을 끼고 소파 뒤에서 썩은 사과를 꺼낸다
현관에 쌓인 흙먼지를 쓸어 낸다
부츠 속에 신문지를 길게 말아 넣는다
저녁에는 모여 비유와 상징을 비웃기로 했다
어차피 단수는 단수이고 정전은 정전이다
저층 세대는 창문을 닫은 채 외출했을 것이고
전복할 무엇도 이미 쓰던 물건 속에 있다
ㅁ 없이는 모더니즘도 완성되지 못하고
그것은 김의 결심도 마찬가지다

손의 사용법

잔디밭에서 주운 나무토막. 탁자를 내려친다. 나무토막 부서진다. 벌레 한 마리 튕겨 오른다. 비명을 지르며 의자에서 일어난다. 종이컵 속 커피. 출렁거린다. 바닥에 떨어진 벌레. 몸통 절반이 잘려 나간 채. 남은 다리를 요란스레 놀린다. 아무것도 흐르지 않는 절단면. 가지마다 맺힌 꽃망울. 바람에 흔들린다. 수다스러운 그림자 해를 따라 늘어진다. 종이컵이 바닥을 드러내자 다들 일어선다. 투명한 목발. 서로 부딪친다. 어깨뼈의 풍화에 대해서는 모른 척한다. 옷 위로 내려앉은 뼛가루. 가볍게 털어 낸다. 나무에 묶인 스피커. 점점 없어지는 목소리. 더 늦기 전에 집으로 간다. 안녕. 입을 가리며 웃는다. 매일매일. 이 세계의 사실이 되는 일 말고는. 종이컵을 우그러뜨린다. 택시를 향해 손을 흔든다. 실감 나는 손의 사용이다. 하마터면 멈출 뻔했다.

4부

사과의 추리

사과의 추리

잠에서 깬다. 무서운 일. 새하얀 일. 조약돌 같고 스피커 같은 일. 연필깎이 같고 상다리 같은 일. 쌀자루 같고 자물쇠 같은 일. 이불 밖으로 드러난 손등. 달력처럼 드러난 손등. 엉덩이처럼 생생하게. 숟가락처럼 생생하게. 어금니처럼 생생하게. 책상처럼 덩그렇게. 피아노처럼 덩그렇게. 선풍기처럼 덩그렇게. 눈동자 뱅글뱅글 돌아가는 얼굴은. 창문처럼 진짜다. 냄비처럼 진짜다. 귤처럼 진짜다. 양말처럼 진짜다. 어떤 나무는 그 얼굴보다 먼저 죽고. 어떤 구름은 그 얼굴과 함께 흐르고. 어떤 바람은 그 얼굴보다 늦게 태어나도. 열 개의 손가락처럼 당연하게. 비누 거품처럼 당연하게. 매운 고추처럼 당연하게. 사건은 벌어지고. 결말은 찾아오고. 사과가 사과의 붉은빛을 파헤치는 것처럼. 어리석게.

내가 되는 기술

에는 그다지 특별난 게 없다
경비실에 쌓인 택배 중 아무거나 들고나와
슈퍼에 들러 풍선껌 몇 통을 주머니에 넣고
지나가던 아이를 떠밀어 개미집 위로 주저앉히며
인상착의가 들킬 수 있게 천천히 돌아서는 것 정도
그리고 집 속에서 기다리는 것이다

사실을 확인하기 위해 올 사실의 사람들
조마조마한 마음으로 빠져들게 되는 이 세계
팔을 꼬집으면 팔이 아프고
다리를 꼬집으면 다리가 아파지는 이 세계

벨이 울리기 무섭게 나는 뛰어나가
밖을 향해 문을 열고 있겠지
황급히 생겨난 맨발로 허공을 디딘 채
놀란 얼굴을 불쑥 목 위로 올려놓는 순간

그들 중 누군가 와락 내 멱살을 쥔다면
피부에 감싸인 반가운 주먹을 내려다보며

'나는'이나 '내가'로 시작하는 말을
할 수도 있을 것이다

사적 연설의 기초

처음 그것은 평범한 소란에 불과했다. 김은 지각했고 연설은 진행 중이었다. 스피커는 광장을 둘러쌌고 남는 의자는 없었다. 펄럭이는 만국기 아래, 김은 빈자리를 찾아 기웃거린다. 뒷자리의 검은 양복들이 김의 파자마를 노려본다. 김은 화단을 가로질러 광장을 빠져나간다. 잠시 뒤 김은 머리 위로 의자를 쳐들고 나타난다. 연설자는 미소로 김을 가리킨다. 그때 한 검은 양복이 김을 왼쪽으로 잡아끈다. 그때 한 검은 양복이 김을 오른쪽으로 잡아끈다. 파자마 속 곰의 얼굴이 지그재그 늘어난다. 김은 왼쪽과 오른쪽 사이 의자를 내려놓는다. 왼쪽에서 돌멩이가 날아온다. 오른쪽에서 구두 한 짝이 날아온다. 박수와 고성이 맞선다. 왼쪽과 오른쪽이 김을 향해 뒤엉킨다. 순식간에 중앙이 된 김은 경호원의 만류에도 불구하고 의자 위로 올라선다. "나만 매점 의자다." 김은 팔짝팔짝 소리친다. 한순간 정적이 흐른다. 연설자가 웃음을 터뜨린다. 스피커가 들썩인다. 검은 양복들도 웃기 시작한다. 연설자는 중단했던 연설을 계속한다. 왼쪽과 오른쪽은 본래의 자리를 찾아 정렬한다. 김은 조금씩 주변이 된다. 하지만 어떤 검은 양복들은 김의 매점 의자 곁에 머문다. 눈알 대신 단추를 매단 파

자마 속 곰을 감상한다. 김은 호주머니 속 영수증을 꺼내
든다. 몇 명의 검은 양복들이 대열을 이탈해 김을 향한다.
김은 계란 한 판부터 읽기 시작한다. 아니. 연설하기 시작
한다.

애드벌룬 TV

TV 리모컨 빼앗겼다고 울면 안 될 것 같은데 괴롭습니다. 뭐가 이렇지요? 나는 대학도 졸업했고 책도 꽤나 읽었습니다. 괴로움의 역사에 대해서도 알 만큼은 알지요. 그래서 괴롭습니다. 이 정도는 괴로워야 한다고 생각하니 괴롭습니다. 이 정도가 어느 정도일까 생각하니 괴롭습니다. 호주머니 속 괴로움은 영원히 말 못 할 것 같아 괴롭습니다. 애드벌룬처럼 나를 부풀릴 수 있다면 얼마나 좋을까요. 하늘에 둥둥 뜬 나를 모두에게 중계할 수만 있다면. 재미없다는 손가락질마저 유쾌할 것 같습니다. 이왕 괴로울 거라면 그렇게. 눈에 잘 띄는 곳에서 그렇게. 좀 안 됩니까. 도둑질보다 나쁜 일일 것 같지도 않습니다. 개수대 설거지 내일로 미루는 것 때문에 괴로우면 안 된다고 생각하니 괴롭습니다. 냉동실 스크류바 302호에게 주기 아깝다고 생각하니 괴롭습니다. 선생님께 보여 드릴 괴로움은 아직 없다고 생각하니 괴롭습니다. 참 잘했어요 도장 받을 것은 없다고 생각하니 괴롭습니다. 무당벌레는 나뭇잎 위를 기어가는 지금을 참을 수 없어 합니다. 진딧물 말고 극적인 뭔가가 필요한 시점입니다. 그런데 채널은 벌써 돌아간 건가요?

안녕하세요의 비밀

눈을 뜬다. 아침 햇살. 아직 여기다. 거실 소파. 더듬이를 움직인다. 유리창 커튼. 아직은 양배추 위로 기어오를 수 있다. 개수대 숟가락. 아직은 반들거리는 엉덩이를 쳐들 수 있다. 담배 연기. 아직은 올챙이를 뜯어먹을 수 있다. 피 묻은 화장지. 아직은 땅굴을 팔 수 있다. 습진 연고. 아직은 물을 엎지를 수 있다. 하모니카. 아직은 하품을 할 수 있다. 바이올린. 아직은 스파게티를 포크로 돌돌 감을 수 있다. 귤 껍질. 아직은 등을 굽혀 신발 끈을 맬 수 있다. 찢어진 잠바. 아직은 수세미에 퐁퐁을 짤 수 있다. 감자튀김. 아직은 오늘 약속을 내일로 미룰 수 있다. 베이비 로션. 가장 큰 비밀은 여전히. 썩은 딸기. 가슴속에서 뛰고 있지만. 빨래 건조대. 아직은 안녕하세요? 하고. 엉덩방아. 서로 지나칠 수 있다.

피터팬의 소원

숨이 찬다. 난 다만 눈을 떴을 뿐인데. 먼 거리를 달려온 것처럼. 머리칼이 자라 있다. 태양과 달, 구름 아래. 이름으로 가득 찬 정원. 누구세요? 대신 어머니라 부른다. 난 다만 눈을 떴을 뿐인데. 이미 완성된 얼굴. 손안에는 먹다 만 사과. 난 다만 눈을 떴을 뿐인데. 눈앞에는 예전부터 날 안다는 듯 선생님. 최선을 다해라. 악수하는 손이 부러지면 어떡하지? 선생님 입이 하나면 어떡하지? 난 다만 눈을 떴을 뿐인데. 만삭으로 차오른 배. 그 둥근 위로. 아무 대답도 들을 수 없다면. 어머니는 그냥 두세요. 누구세요? 태초의 기억 같은 질문. 꿈속에 간직한 채. 뜬 눈으로 이 세계를 지새우겠어요. 자꾸만 떨어지는 그림자를 날마다. 손바닥 발바닥에 붙이겠어요. 그러니 제발. 내 이름을 계속. 불러 주세요.

휴게소 직전

도로를달린다 헤드라이트가밀어내는어둠 오줌이마렵다
멀리 가로등의주문 둥글게둥글게 다른도시의뉴스를듣는
다 두고온사람에게전화를한다 나인척해보니조금낫다 손밖
으로나오던손이 다시손속으로들어간다 발밖으로나오던발
이 다시발속으로들어간다 손도알고발도아는것을 나만모른
다 없는것을노래하는시여 바람은왜부나 깃발은왜흔들리나
불빛은왜반짝이나 아침식사처럼이순간을대신할말이있다면
가만있어도 저혼자달리는길 발버둥치지않는다 월요일다음
화요일 수요일다음목요일 아직은휴게소에서 멈출수있다 아
직은휴게소라고 읽을수있다

똑똑한 옷걸이

병실 밖은 산으로 둘러싸여 있다
능선 위로 운무가 피어오른다
나는 지금 침대 위에 앉아 있다
내가 산이 아니라는 것은 알겠는데
내가 운무가 아니라는 것은 알겠는데
지금이 3월이라는 것
주차장의 장애인 마크며
창틀은 청색이라는 것
블라인드는 아직 내려오지 않았고
수건은 옷걸이에 걸려 있고
벽 위로 낙상 주의
냉장고에 걸린 안내 말씀과
전기 스위치에 붙은 절전 스티커
닫힌 문틈으로 복도 불빛 새 들어오는 것
나는 병실이 아니며 3월도 아니며
옷걸이가 아니라는 것은 알겠는데
그렇다면 무엇인지 그다음은 모르겠다
나는 침대 위에 앉아 있고
침대가 병실 속에 놓인 건 알겠는데

마지막 옷을 끝내 들키지 않으려는 듯
주삿바늘을 꽂아 놓고
그것이 맨살인 것처럼 행세하는
어떤 옷걸이에 대해서는 모르겠다
옷걸이의 불안에 관해서는 모르겠다
방울방울 떨어지는 수액이
어디로 흘러가는지는 잘 알고 있지만

풍선의 개인사

태양이 기울어지자 붉은빛이 빠져나온다
아이는 한 손에 웃음을 든 채 쪼그라든다
입술이 턱을 타고 목으로 미끄러진다
등 굽은 인부가 손목시계 바늘을 돌린다
개는 개 속을 달린다
바위는 바위 속에 멈춰 있다
부스럼 난 자리를 긁는다
간지러움에 피가 맺힌다
저녁을 먹지 않는다
달걀 껍질에 신문지를 찢어 붙인다
잘린 발목 위로 종아리를 쌓아 올린다
벽은 허공을 나누고 있다
바람 빠진 아이 코에 입을 대고
불고 또 분다
부풀어 오르는 팔이 서서히
어떤 곳을 가리킨다

미궁이 자라나는 티타임

시는 조사 하나까지 주석이 달린 채로 발견되었다
k는 수상 후보가 되고픈 c의 장난질이라 하고
c는 손 떨림을 감추기 위한 k의 의도라 한다
우리는 저마다의 미궁 속에서 커피를 주문하고
소음으로 뒤덮인 시의 본문을 바라본다
혓바닥이 입술에 묻은 커피를 핥는다
어떤 나무는 그사이에도 씨앗을 빠져나와
사거리까지 뿌리를 뻗친다
커피를 마시며 우리는 이구동성
이것이 누구의 시이든 상관없지요
중요한 것은
주석을 읽으며 허비하게 될 무엇
사전을 뒤지며 허비하게 될 무엇
그 무엇을 은폐하기 위해 시작된
미궁의 역사 같은 것

입으로 말하는 사람

마침 무지개는 첨탑에 걸리었다
마름모 속, 목만 뭉툭하게 남은 여인들
덕분에 나무는 잎사귀 하나 없이
입 없는 아이들 무덤가에 둘러앉아
꼬챙이로 서로의 입 구멍을 파는 통에
책을 든 사내는 세모를 향해 달린다
누구든지 자신을 이해해야 한다는
저 거만한 속도
여자는 생각만으로 지렛대를 누르고
그늘 아래 더위를 피하는 생쥐들
하늘 한복판 둥글게 빛나는 악몽
빈 그네 혼자 허공을 탄다
황급히 책을 덮고 깍지를 끼는 사내의 손
피부에 둘러싸인 허공의 손가락 형상
분수대 물줄기 하늘로 뻗쳐오르다 멈춘다
날개를 버린 새들이 아스팔트 위로 떨어진다
그러니 이제 무엇을 믿지 않을 것인지
입을 가지고 말해 보라

용감한 녀석

나는 뭐든 버릴 수 있는 용기가 있었기 때문에
입을 뽑아 쓰레기통에 버렸다
나는 나에 대한 미련이 없었기 때문에
코를 뽑아 잔디밭으로 던졌다
쓰레기통 속 입이 제발! 외쳤지만
나는 나에 대한 두려움이 없었기 때문에
두 눈을 뽑아 호수로 던졌다
나는 다 버리고도 내가 될 자신이 있었기 때문에
다리 하나를 뽑아 운동장으로 던졌다
다리는 트랙을 따라 경중경중 뛰었다
나는 내가 없어진 뒤에도
이 세계를 믿을 자신이 있었기 때문에
남은 다리를 모닥불 속으로 던졌다
이목구비 없는 감자 같은 얼굴
양팔이 남은 몸통을 끌어안고
데굴데굴 운동장을 구른다
나는 아직 약간 남아 있지만
남아 있는 것이 두렵지 않다
눈물은 오직 눈동자의 몫일 뿐

허공이 있는 풍경

별을 남겨 두고 밤이 흘러내린다
잠이 오는 것은 아무 증거도 아니다

당나귀는 바로 옆을 달린다
가끔 시간을 사이에 두고
이쪽의 눈과 저쪽의 눈이 마주친다

샛노란 파도가 문지방 앞에서 멈춘다
낯선 아이가 유리창에 대고 입김을 분다
목젖 사이로 번들거리는 검은 낭떠러지

당나귀는 길을 만들기 위해 허공을 달린다
개는 꿈에서 깨어나기 위해 잠이 든다
구두는 바닥에 나뒹굴기 위해 총을 맞는다

어떤 정오의 모서리가
붉게 번진다

시계 속 째깍째깍

눈 감고 눈 뜨는 소리

아이스크림 껍질에 새까맣게 들러붙은 개미들
더듬이가 울퉁불퉁한 단맛을 골라내는 동안
허공에 깔린 한 겹 바닥 위를 내달려
집으로 돌아가는 아이들

태양은 불타는 얼굴 속으로
웃는 입을 감춘다

구름의 생각

구름이 흘러간다
나의 생각이다

구름 새의 구름 머리
나의 생각이다

구름 새의 구름 깃털
나의 생각이다

구름은 하늘에 없다
구름은 나의 생각 속에 있다
땅을 베고 누운
나의 생각 속에 있다

땅은 나의 생각이다
누웠다는 것도 나의 생각이다
팔이 저리다는 것은…… 모르겠다
모르겠다는 것은 나의 생각이다

구름에게는 생각이 없다
구름은 나에게 생각당할 뿐이다
그것이 매우 억울할 것이다
이것만은 구름의 생각이었으면 하지만
구름의 생각 또한 나의 생각이다

생각이 흘러간다
나의 구름이다

원본 없는 시대의 시 쓰기

박슬기(문학평론가 · 한림대 국문과 교수)

키치적 앨리스의 냉소

시인은 진리를 보는 자였다. "한 알의 모래에서 우주를 보는" 블레이크의 이미지는 시인의 비전과 시 쓰기에 관한 가장 아름다운 비유법이다. 이 낭만주의적 명제는 가장 하찮은 것들 속에서 진리를 찾아내는 시인의 내면에 대한 찬사이며, 시인의 내면과 우주의 신성한 질서는 시적 비전 속에서 조화롭게 일치할 수 있다는 전언이다. 이를 황성희식으로 전유하자면, "시어의 전범이란 바람의 자태나 별빛의 미궁이 아니라 라이너 마리아 릴케나 패 경 옥 속에 있다"(「리얼 버라이어티 유감」) 쯤으로 바꿀 수 있을 것 같다. 이제 시는 나뭇잎을 스치는 미풍의 움직임이나 멀리 있는 별빛의 반짝임에 대한 동경으로 쓰이는 것이 아니라, 바람에 관한 언어를 별에 관한 언어를 패러디하면서, 혹은 인용하면서 쓰이는 것이다. 시에 있어 모더니즘적 전환이란 한 알의 모래는 다만 규소 분자 덩어리에 불과하다는 것을 알게 된 것, 인간을 둘러싼 자연과 사물들의 세계에 내포된 진리란 없다는 것에서 출발하지 않았던가 말이다. "삶도 죽음도 뻔해진 지가 언젠데 이제 와서 뭘 쓰겠다고?"(「날마다 편히 잠드는 영희의 기술」, 『앨리스네 집』) 라는 질문 앞에서 시인들이 더 이상 무엇을 쓸 수 있겠는가.

전 시집 『앨리스네 집』을 관통하는 것은 시의 진리성에 대한 철저한 냉소였다. 하고많은 것 중 하필이면 역사를 사칭해 유명해진 탤런트 C는 진리를 사칭하는 시 그 자체다. 식민지를 겪고, 내전을 치렀던 나라가 현충일과 광복절이라는 '기념일'로 역사를 화석화하는 것은 '턱을 깎은 탤런트 C'(「탤런드 C의 얼굴 변천사」)의 얼굴을 통해 전유된다. '지금'의 세계는 '지난' 일들을 가리키면서, 마치 그 영웅적인 고난의 경험이 '지금'의 시간 속에 내재되어 있는 것처럼 사칭한다. 이러한 세계를 다시 재현하는 예술이란 결국 위조를 위조하는 예술, "국 냄비에 덴 자리를 총상이라고 속"(「탤런트 C의 무명탈출기」)인 탤런트의 얼굴과 다르지 않은 것이 아닌가. 말하자면 시란 사회주의 예술가를 연기하기 위해 장식되어야 하는 "흑백의 사회주의 사진"(「캐스팅 디렉터편」)처럼 위조의 위조인, 공허한 관념을 공허하게 모방함으로써 스스로가 진리인 양하는 허위 그 자체다.

　그럼에도 시 쓰기가 진리에 대한 어떤 지향성 없이 가능한가 하는 의문은 여전히 남는다. 진리에 대한 뒤집힌 거울을 자청한 이 키치적 앨리스가 지치지 않는 냉소로 "이제 우리에게 시간 말고는 더 이상 남은 이데올로기도 없는데"(「그렇고 그런 해프닝」)라고 말하면서도, 끊임없이 지금의 "시간의 뒤를 캐"(「날마다 편히 잠드는 영희의 기술」)고자 하는 것은 그럼에도 그 뒤에 무엇인가가 있을지도 모른다는 어떤 욕망이 거기에 있기 때문이 아닌가? 그것이 "판타지"일 뿐이라도, 모든 것을 되찾으려는 어떤 "원점"이자 모든 냉소가 사라지는 "뜨거운 것"(「뜨거운 것이 좋아」, 『4를 지키려는 노력』)에 대한 열망이 여전히 여기에 존재하는 것처럼 보인다. 그것이 바로 이 시집, 『4를 지키려는 노력』이 진리성에 대한 알레고리적 유비로 되어 있는 이유다.

진리의 복사본, 혹은 복사본의 진리성

　마르셀 뒤샹이 소변기를 뒤집어 전시회장에 옮겨 놓고 「샘」이라는 이름을 붙였을 때, 평범한 소변기는 자신의 일상적 사용에서 벗어나 하나의 예술 작품이 되었다. 그러나 뒤샹이 집어 든 소변기가 예술적이었기 때문에, 「샘」이 예술 작품이 된 것은 아니다. 쓰레기장에 있었다면 쓰레기가 되었을 소변기는 전시회장이라는 자리, 통상적으로 예술 작품만이 차지할 수 있는 자리에 옮겨짐으로써 예술성을 획득하게 된 것이다. 뒤샹이 한 일은 다만 '뒤집어서 옮겨 놓은' 것일 뿐, 작품의 예술성은 순전히 외재적이다. 예술이란 신성한 어떤 무엇이 아니라, 그것을 '예술 작품'으로 만드는 모든 외적 행위에 의해 결정된다.

> 구미의 김이 샤워를 하다 말고
> 찬장의 식용유를 책상 위로 옮긴 까닭은
> 요즘은 그런 일도 화제가 된다
> 그런 일을 분석하는 유학파도 있다
> 어느새 식용유를 책상 위로 옮겨 보는 대중들까지
>
> 원작자는 김이지만
> 대중들은 원작에 흥미가 없고
> 유학파들은 의미의 판권에만 집착하며
> 김은 물이 뚝뚝 떨어지는 몸으로
> 자신의 원작을 패러디하기에 바쁘다
> ──「뜨거운 것이 좋아」에서

"찬장의 식용유를 책상 위로 옮긴" 김의 행위는 명백히 '예술적'이다. 식용유에 예술적 가치가 있어서가 아니라, "그런 일"이 "화제"가 되었기 때문이다. 한 번 옮겨진 식용유는 이제 분석의 대상이자 모방의 대상이 된다. 소변기가 「샘」이 된 것처럼, 식용유는 더 이상 식용유가 아니며 그것이 식용유인가 아닌가 하는 문제는 더 이상 중요하지 않다. 중요한 것은 '식용유'라는 대상이 아니라 김의 '행위'이며, 이 행위가 "의미의 판권"을 가지게 되었다는 사실이다. 비평가가 분석하고, 대중들이 이를 추종하고 다시 그것이 패러디되는 과정을 통해 비로소 식용유는 예술이 되고, 식용유라는 원작은 이 과정 속에서 사라진다. 아니 처음부터 원작은 없었던 셈인데 "자신의 원작을 패러디"하는 원작자의 행위만이 유일무이한 원작이기 때문이다. 모방과 복제의 대상이 점유하는 자리, 말하자면 예술 작품의 자리를 점유하게 한 '옮겨 놓기'는 작품이 진리성을 내재하기 때문이 아니라, 진리성을 사칭함으로써만 예술이 될 수 있음을 보여 준다. 예술 작품의 진리성은 원작을 복제하고 전파하는 모든 행위들 그 자체에만 있다.

식용유는 더 이상 중요하지 않다. 최초의 행위 또한 이 과정에서 잊힌다. 그러나 원작이 없다면, 이러한 복제 행위들도 생겨나지 않는다. 원작에는 관심이 없으나, 그럼에도 원작을 계속해서 모방하는 것은 원작이 이 복제 행위의 확고부동한 중심임을 드러낸다. 진리성은 원작에 내재하지 않으므로, 원작은 오직 거기에 진리성이 없었음을, 원작 속의 진리성이란 부재한다는 방식으로만 중심이 될 수 있다. 말하자면 복제 행위를 통해 배제됨으로써만 원작은 진리의 흔적 지점이 될 수 있다. 원작은 일종의 역설적인 진리성이며 이 진리성은 그 반복되는 모방 행위를 통해 사라짐으로써만 존재하는 것이다.

진리는 거기에서 멀어지는 과정을 통해 부정적인 방식으로만 드러난다. 그러므로 이 모든 복제 행위들은 역설적으로 진리를 찾아가는 과정에 해당한다. 「알레고리 체험」에서 소설가1~21이 행하는 일종의 회의는 '그것'이라는 진리, 예술의 진리에서 점점 멀어지는 진리 찾기의 과정을 보여 주고 있다. 「김의 사과 작법」에서 "사과 토론에는 나오지도 않으면서. 사과 시인 톱 텐에 드는" 시인 김에게 불만을 토로하는 화자는 사실상 '사과'에 대해 말하지 않아야 '사과'에 도달할 수 있다는 사실을 적시하고 있는 것이다. 진리를 둘러싸고 벌어지는 무수한 말들의 무의미한 향연은 오로지 무의미하기 때문에 의미를 지닌다.

「사이클—사실을 이야기하는 클럽」에서 "k가 봤다는 산지 직송 꿀배 한 상자 5000원."은 진위 논란에 휩싸인다. 논란이 진행되면서, 진위 문제는 꿀배 한 상자가 5000원이라는 사실에서부터, 꿀배를 싣고 있는 트럭에 이르기까지 '사실'과는 전혀 다른 포인트에 집중된다. "유사 트럭의 정체성"이나 "신천대로 방향으로 갈 수 없는 것에는 이륜차, 자전거, 손수레, 우마차가 있다고 한다."에 이르면 이미 꿀배 자체는 중요하지 않다. "k의 꿀배를 믿으려면 k가 사실인지부터 증명해야 한다는 s의 말"은 말하는 자가 자신의 말을 증명해야 하는 처지에 놓였음을, 진위 판단의 불가능성에 매이게 된 것을 보여 준다.

모든 예술의 진리성은 그 중심에 끊임없이 다가가려는 노력을 통해 끊임없이 멀어짐으로써만 존재할 수 있게 된다. 그러나 다가가려고 노력할수록 멀어지므로, 결국 이 모든 과정들은 목적을 잃어버린 채 끝없이 반복되는 어떤 '행위' 자체로 남을 수밖에 없다. 이제 진리를 향하는 길은 없어졌다. 남은 것은 그럼에도 복제를 계속할 수밖에 없는 일종의 '의지'뿐이다.

「스승의 은혜」나 「할로윈 무도회」와 같은 작품들은 모든 원작들에 대한 복제 과정 자체다. 충무공, 프로이트, 달리, 이상, 허균과 같은 원작자들은 "전체적으로 보면 그것은 나무의 기억"이자, 나의 모든 작품들의 원본들이다. 내가 "획기적 수미상관의 창조에 골몰해야만 하는 이유"를 가졌다 하더라도, 나는 절대 독창적으로 새로운 무엇을 발명 혹은 창조할 수 없을 것이다. 맥락도 없고 관계도 없으며, 사실적으로 정확하지조차 않은 목록들을 짜깁기하는 방식으로 쓰이는 작품이란 오로지 복제라는 행위로서만, 원본에서 점점 멀어짐으로써 원본을 지칭하는 방식으로 창조될 수 있기 때문이다. 이 시집 대부분의 시가 모두 복사본들이라는 것은 사실상 이 모든 시들이 오로지 '행위'로만 남아 있음을 보여 준다.

예술가들의 선언을 인용하거나, 옛 시인들의 구절을 따

오는 것과 같은 패러디, 몽타주, 병치와 같은 의도된 기법들은 이미 100년 전 아방가르디스트들이 사용한 것이다. 이 시집의 시들은 언어, 이미지, 구성에 이르기까지 중첩적으로 복제된 복사본들이므로, 우리가 이 시들에서 이 시인의 유일무이성 혹은 원작성을 찾으려 한다면 「김의 사과 작법」의 발화자들과 같은 미궁에 빠져들고 말 것이다. 지나온 모든 문학작품들을 복제한 복사본들을 만들어 낸 이키치적인 시 쓰기야말로 황성희만이 가능한 고유성이다. 심지어 이 시들은 진리의 허위를 비난하는 아방가르디스트들의 태도마저도 복제한다. 그러나 아방가르디스트들이 원본 없는 원본성을 지향했다면, 그는 원본 없는 복제본 그자체, 오직 원본을 향한 끝없는 환유적 노정 그 자체인 복제본만을 만들어 낸다.

인용의 진리성 — 믿음의 허위성

우리가 이렇게 이 시들의 진리성을 믿을 수 없다면, 그럼에도 시의 진리성에 대한 충실한 믿음에 따르자면 어떻게 해야 하는가. 유일하게 남은 길은 일인칭 화자의 내면, 즉 '고백'의 진실성을 믿는 것일 테다. 이 복제본들이 자신의 진리성을 증명하기 위해서는 발화의 진위성을 먼저 증명해야 하는 것이다. 그러나 이 시집에서는 이 '발화' 마저도 화자의 것이라고 믿을 수 없는, 판단 불가능의 영역으로 굴러 떨어져 있다.

　입버릇처럼 말했거든요. 한국문학사의 문제적 개인이 되겠다고. 혹시나 했죠. 장래 희망 치고는 허황했지만. 운이 없다고 봅니다. 요즘 누가 반성을 합니까. 흉내라면 몰라도. 가투 이력을 위조했다가 출연 정지를 당한 게 걸리긴 합니다. 판문점 도보 횡단 때도 충격이 컸고. 밤새워 외운 회담만 수십 개라는 거죠. 그런데 뚜벅뚜벅 걸어가 버린 겁니다. 통일이라도 되면 어떡해야 하나. 그런 우스개를 했다는군요.

　　　　　　　　　　　　　　——「후일담 사칭의 新유형」에서

이 시는 이중의 담화로 구성되어 있다. 화자는 우울증으로 자살한 사람의 말을 자신의 입으로 대신 말한다. 화자의 입으로 이야기되는 '원래의 그'가 하는 말은 "한국문학사의 문제적 개인이 되겠다" 그리고 "통일이라도 되면 어떡해야 하나"이며, 이 말에 부가되어 있는 것은 화자의 그 발언에 대한 판단이거나 그의 행동에 대한 회고다. 독자는 이 시에서 '원래의 그'가 가투 이력을 위조했고, 회담을 밤새워 외웠으며, 판문점을 도보로 횡단하는 퍼포먼스를 벌였다는 것을 알 수 있다. 그러나 동시에 그는 통일이 되는 것을 걱정하고, 교련 책을 여전히 책꽂이에 꽂아 두는 사람이었다.

우리는 그가 정확히 어떤 인물이었는지 알 수 없다. 그는 판문점을 도보 횡단하는 퍼포먼스를 실제로 행한 사람이기도 하면서도, 통일이 되기를 걱정하는 사람. 그는 1980년대의 대표적인 운동권인가 아니면 운동권이었기를 지금 현재 바라는 사람인가. 말하자면 이 시는 후일담인가, 후일담 사칭인가. 이 모든 말들은 인용이며, 인용들은 매우 모순적인 맥락 속에 놓임으로써 원래의 말들을 감추고 있다. 이것은 인용이 지니는 언어상의 실질적 효과이기도 하다. 이 인터뷰가 인용의 인용, 사칭의 사칭이라는 형식으로 되어 있기 때문에 우리는 이 시적 화자가 일종의 보고자이자, 객관적 사실을 전달한다고 믿을 수 없게 된다.

진리가 예술 속에 혹은 말 속에 내포되어 있다는 믿음은 판타지에 불과하다. 추구하면 추구할수록 진리성 자체로부터 점점 멀어지는 결과만 분명해진다. 그러나 추구함으로써 멀어지지 않는다면 없는 진리성마저 획득할 수 없을 것이다. 이것이 황성희 시에서 인용이 만들어 내는 일종의 진리 추적 구조다. 진위를 판단하려는 발화가 반복되면 반복될수록 진실 혹은 거짓은 판단 불가능한 영역으로 추방되고 만다. 이는 그 진리성이 여전히 어딘가에, 우리의 말이 도달하지 못하는 지점에 있다고 '믿'기 때문에 발생하는 것이기도 하다. 그러나 이 시집에서 진리성은 그 자리에 '없'기 때문에 이러한 추적 구조를 만들어 낸다. 말하자면 있다고 믿는다고 가정하는 것, 진리에 대한 '믿음'을 사칭함으로써 진리 자체가 아니라 믿음 자체에 집중하도록 만드는 것이다. 그러니 사실상 이 시집에서 존재하는 진리성이 있다면, 그것은 진리성 자체가 아니라 진리에 대한 '믿음의 허위성'이다.

거실 창으로 쏟아지는 햇빛 좀 보세요. 초록 바닥이 우주처럼 반짝입니다. 벌써 송곳을 꺼내나요. 우린 아직 커피가 남았는데. 군더더기 없는 진행이네요. 허벅지에 새로 상처를 냅니다. 빈자리 용케 찾았군요. 무작정 찌르고 후벼 파는 게 아니에요. 옆에 펼쳐진 노트 좀 보세요. 상처의 완성 과정을 기록합니다. 그림도 있어요. 출판을 생각하는 걸까요. 과대평가는 금물입니다. 서랍 정리나 욕실 청소보다 나을 것도 없어요. 하루를 보내는 방법은 제각각이죠. 송곳을 멈추고 예전 기록을 살피는데요. 상처를 대조하고 있습니다. 모양의 중복을 피하겠지요. 오늘이 어제 같으면 안 된다나요. 휴식 시간에는 뭘 합니까. 전쟁 다큐를 보네요. 오리지널에 대한 동경 같은 게 있어요. 상처에 관한 아이디어도 얻고요. 한번은 취재 카메라를 보고 윙크하는 수십 년 전 이국 소년에게 스톱모션 걸고 물컵을 던지더군요. 물은 튀기지만 간지 나는데요. (중략) 근데 요즘은 이런 텍스트뿐입니까. 호주머니의 유행 탓이죠. 빈주먹 하나로 순식간에 불룩한 궁금증을 만드니까요. 하지만 이렇게 유혈 낭자해 놓고도 원인이 없다면, 전 별 세 개 드립니다. 가만, 이쪽 보고 윙크하는데요. 우리

보고 물컵이라도 던지라는 걸까요. 설마요, 어디선가 날아와
주겠지요.

―「A양 일과」에서

이 시집에서 진리성은 마치 사진 속의 사진, 거울 속의
거울에 비친 풍경처럼 끝없이 확산되는 양상을 취한다. 이
시에서 그것은 'A양의 일과'인데, 이는 화자에 의해 관찰되
면서 모방되는 대상이다. 이 화자의 행위는 또한 제3의 독
자 혹은 관객들에 의해 관찰되고 모방된다. 동시에 'A양의
일과'는 "카메라를 보고 윙크하는 수십 년 전 이국 소년"
의 모방이다. 이 시에서 화자의 예술적 행위의 대상인 A양
의 일과 자체는 또한 다큐멘터리 속의 소년에 대한 예술적
행위이고, 모방의 모방인 화자의 행위는 또한 관객의 예술
적 행위에 의해 모방된다. 겹겹으로 중첩된 프레임을 매개
로 반복되는 모방을 통해 A양의 "유혈 낭자"는 예술이 되
어 끝없이 복제되고 있는 것이다.

A양은 카메라 앞에 있고, 화자는 A양의 행위를 생중계
한다. "좀 보세요." 동시에 그는 평가하기도 한다. "군더더
기 없는 진행이네요." 이 화자의 설명을 통해서, A양의 일
과는 한 사람의 평범한 삶이 아니라 더없이 정교하게 짜여
진 텍스트임이 드러난다. 아니 텍스트로 간주된다. 화자의
논평은 A양의 일과 자체뿐만 아니라, 그것이 들어가 있는
프레임, 텍스트의 표면에까지 이른다.

그러므로 이 시에서 화자는 이중적인 측면에서 거울 역할을 수행한다. 그는 A양의 예술에 대한 거울이면서 동시에 그에 대한 관찰자들의 역할에 대한 거울이다. 화자의 발화를 통해서 양쪽의 행위는 그대로 반사되며, A양의 관찰은 A양의 모방이 되고 동시에 A양의 행위는 관찰자에 의해 모방되는 것. 양쪽을 맞댄 거울 역할을 하는 화자에 의해, 결국은 화자와 독자들이 지켜보고 있는 일종의 미스테리, A양은 어째서 자신의 허벅지에 지속적으로 상처를 내는가 하는 '유혈 낭자의 원인'은 결코 밝혀지지 않는다. 그 원인은 A양의 상처에서, A양의 상처에 대한 원인이자 전사(前事)인 전쟁 다큐 속의 "이국 소년"으로 이행하고 A양이 이국 소년에게 "물컵"을 던지는 것처럼 서로가 서로의 원인이 되면서 원인은 점점 소멸해 버리기 때문이다.

이 과정은 예술적 행위의 유비이자, 복제본이 예술이 되는 과정에 대한 알레고리다. 양면 거울인 화자를 통해 이 모든 과정은 거울 안에 존재하는 미궁으로 전환된다. 이 속에서 모든 것들은 반복되고 복제되며, 결국에는 반사된다. 이는 화자의 발화에 의해서, 그리고 화자의 발화에도 불구하고 계속된다. 화자조차도 이 모든 과정의 필연적 매개체가 되지 못하기 때문이다. "설마요, 어디선가 날아와 주겠지요."라고 말할 때, 이 모든 과정의 직접적인 매개는 모두 우연에 불과하다는 것이 드러난다. 그렇다면 진실은 대체 무엇인가. A양이 보고 있는 이국 소년도, A양의 일과

도, A양의 일과를 보고 있는 관객들도, 모두가 서로를 모방하고 복제하는 자들, 모두가 진위 판단의 불가능성 속에 매여 있는 것이다.

이 시집에서 끊임없이 '나'의 진위성에 대한 불안이 등장하는 것은 무엇보다도 발화의 진정성을 확인받을 수 없기 때문이다. "나는 다 버리고도 내가 될 자신이 있었기 때문에"(「용감한 녀석」)나 "나인척해보니조금낫다"(「휴게소 직전」)와 같은 구절처럼 '나'와 '나인 척' 사이를 오가는 일종의 불안은 이 발화들이 주어를 뒤섞고, 발화 주체들을 뒤섞고 있기 때문에 발생하는 것이 아니다. 그보다는 나의 발화 자체가 누군가의 발화를 '인용'한 것에 불과하기 때문이다. 나는 '나인 척'하는 누군가의 인용이거나, '나인 척'하는 나가 '나'의 '인용'이거나. 이러한 '나'의 인용은 진리성의 예술에 대한 '인용'이자 '복사본' 예술에 상응한다.

진리를 향한 미궁

그렇다면 시 쓰기란 대체 무엇인가? 시가 단순한 복제의 복제이자, 진리로부터 멀어지는 말장난에 불과한 것이라면 그것은 다만 진리성을 위장한 예술에 대한 비판과 풍자에 그치는 것인가? 즉 표현 불가능한 것을 표현하는 데 대한 비판인가, 표현할 필요 없는 것을 표현하는 데 대한 비판인

가. 아방가르드 예술이 부정의 예술로서만 예술로 남았다는 것, 사실은 그들이 비판한 모든 것들을 자신의 내부에 함몰시킴으로써 비예술의 예술로 남았다는 것은 아방가르드가 '예술이 아니다'를 선언하는 그 순간의 자리에서만 유의미함을 보여 준다. 스스로가 비예술이 됨으로써 모든 예술의 진리성을 가짜의 자리로 끌어내렸기 때문이다. 그러나 그것은 하나의 순간이지, 지속적인 과정 자체는 아니다. 이 순간이 끝나고 나면 이 비예술 작품은 예술로서의 진리성을 지니게 된다. 「샘」이 그러했듯이 말이다.

그러나 이 인용의 인용을 통해 멀어지는 과정을 끝없이 계속하고자 하는 것은 이 시집의 시편들이 명시적으로 아방가르드 예술과는 길을 달리하고 있다는 점을 보여 준다. 여기에는 진리성으로부터 멀어지고자 하는 의지가 작동하고 있기 때문이며, 이 의지는 멀어져야만 하는 중심점을 상정하지 않고서는 실현될 수 없는 것이기 때문이다. 그러할 때, 이 시집에서 시 혹은 시 쓰기는 진리를 향해 뛰어든 미궁에 상응한다. "주석을 읽으며 허비하게 될 무엇/ 사전을 뒤지며 허비하게 될 무엇/ 그 무엇을 은폐하기 위해 시작된/ 미궁의 역사 같은 것". (「미궁이 자라나는 티타임」) 우리는 이 미궁 속에서 끝없이 헤매고, 이 헤맴 자체가 계속해서 어떤 진리의 중심점을 겨냥한다.

『4를 지키려는 노력』에서 진리의 중심점이 무엇인지는 정확하지 않다. 다만 아무리 인용하고 복제해도 복제되지 않는 것, 경험적 사실들의 세계가 이 자리에 있는 것처럼 보인다. "팔을 꼬집으면 팔이 아프고/ 다리를 꼬집으면 다리가 아파지는 이 세계"(「내가 되는 기술」), 이 세계란 관념도 사상도 아닌 오로지 소박한 감각의 육체성이다. 이러한 사실적 감각이야말로 결코 복제될 수 없다. "그들 중 누군가 와락 내 멱살을 쥔다면/ 피부에 감싸인 반가운 주먹을 내려다보며/ '나는'이나 '내가'로 시작하는 말을/ 할 수도 있을 것이다"(「내가 되는 기술」)라는 구절에서, '나'의 사실성은 오직 "빈주먹이 만들어 낸 호주머니의 허상"이 아니라 "피부에 감싸인" 육체성으로 나타난다. 그러나 이 육체성이란 언어화될 수 없는 것, 말하자면 모든 것들이 이미 원전의 복제가 되어 버린 세계에서 잃어버렸다는 사실로서만 존재하는 것이다. 우리는 이 중섭점이 놓인 자리를 "4"로 이해할 수 있을 것이다. 진리는 추구되지만 없는 것, 없으므로 추구되는 것, 여기에 도달하려는 끝없는 노정만을 남겨 놓은 채 모든 것은 "텅 빈 여백 천지"(「할로윈 무도회」) 속으로 남겨진다.

모든 것이 무의미해지는 여백 속에서 아무도 오리지널이 될 수 없고, 자신 또한 결코 오리지널이 될 수 없다면, 무엇이라도 되면 된다. 아무것도 되지 않는 방식으로. 아무것도 믿지 않는 방식으로. 우리는 진실을 말하는 순간 거짓말을 하게 되는 자들, 그러므로 우리는 이제 믿음에 대해서가 아니라 믿지 않는 것에 대해서 말해야만 믿음에 도달하는 실마리를 찾을 수 있을지도 모른다. "그러니 이제 무엇을 믿지 않을 것인지/ 입을 가지고 말해 보라".(「입으로 말하는 사람」)

황성희

1972년 경북 안동에서 태어났다.
서울예대 문창과를 졸업하고 2005년《현대문학》으로 등단했다.
시집『앨리스네 집』이 있다. '21세기 전망' 동인으로 활동 중이다.

4를 지키려는 노력

1판 1쇄 찍음 · 2013년 9월 9일
1판 1쇄 펴냄 · 2013년 9월 16일

지은이 · 황성희
발행인 · 박근섭, 박상준
편집인 · 장은수
펴낸곳 · (주)민음사

출판 등록 1966. 5. 19. 제16-490호
서울시 강남구 신사동 506번지 강남출판문화센터 5층 (우)135-887
대표전화 515-2000 / 팩시밀리 515-2007
www.minumsa.com